溺愛はご辞退申し上げます！

初恋の御曹司からのイジワルな誘惑に乱されて

春野リラ

✦

Illustration

天路ゆうつづ

溺愛はご辞退申し上げます！
初恋の御曹司からのイジワルな誘惑に乱されて

contents

プロローグ

金沢紬（かなざわつむぎ）は壇上の彼の姿をただひたすらに見つめていた。

（変わってないなあ。カッチリしたスーツなんかちっとも似合わない、あの感じ）

日本を代表する大手流通企業グループ『ハロー・エブリィ』の入社式。そう遠くない将来、グループを率いる後継者として挨拶に立った有馬一樹（ありまかずき）は、広い会場をぐるりと見回し胸を張った。

「――ですが皆さん、今は皆さんと同じゼロスタートです。私も明日からは一新人として先輩方に容赦なく鍛えてもらう覚悟でいます」

東京会場だけで数百人はいる新入社員たちの注目を一身に浴びても、物怖（ものお）じする様子はかけらもなかった。

組織のトップに座る者には、見栄えがいいのも大きな武器になるという。だとすれば、有馬はすでにこの会場を埋める男性社員の誰よりも強力な武器を手にしていた。

一八〇を超える長身に比して頭は小さい、いわゆるスーパーモデル体型。

細身だが、たくましくあって欲しいところには適度に筋肉のついた若々しい身体。

大きくくっきりとした双眸（そうぼう）に通った鼻筋、輪郭の引き締まったシャープな顔だちは、日本人としては規格外。どこか東欧の国の美男子を思わせる。決まりきったデザインのスーツが物足りないのは、どんな奇抜なファッションも着こなせそうなルックスだからこそだ。

加えて有馬にはオーラがあった。あの、何事にもめったに動じず、逃げずに向き合う彼の強さは生まれ持っての自信とも呼べるもので、それはきらきらとした輝きとなって人々の目を奪い、心を惹(ひ)きつけた。

「入社式の壇上に跡継ぎを引っ張りだす会社って、皆さん、聞いたことあります？」

ふいに有馬が内緒話でもするように、新入社員たちに向かって身を乗り出した。

「ここだけの話、父にとって俺はもどかしいぐらいに頼りないんです。自分が背負ってるもの全てを果して俺に預けられるのか、不安なんです。だから何とか一人息子を本気にさせようと、引き返せないところまで追い込むためにこんな場を用意したんでしょう」

皆の上を薄く覆っていた緊張の膜が、ふわりと緩んだ。空気が変わったのがわかった。

「ここにいる皆さん一人一人が、俺の監視役兼試験官です。この先の働き次第では、俺がトップの椅子から転げ落ちる可能性も大いにあり得ます。当然、世襲が絶対ではないし、実際グループには優秀な人材が山ほどいますからね。もちろん、俺は受けて立つつもりです。あきらめる気は毛頭ないので、時には見て見ぬふりなどしていただいて、どうぞおてやわらかにお願いします」

進行役の落ち着かない様子から察するに、百パーセントアドリブなのだろう彼の言葉に、遠慮がちな笑いがさざ波となって広がった。バラバラだった皆の気持ちが同じ方向を向いたその一瞬に、少しだけ互いの距離が近くなる。壇上の次期ＣＥＯとの距離も、きっと縮まったことだろう。

紬の胸にツンと引き攣れる微かな痛みが走った。思わずうつむきかけた顔を、慌ててしっかり前に向けた。

（有馬君、本当に変わってないね）

古くさいデザインの、紺色の地味なブレザーの制服も、彼が着るととても垢抜けて見えたあの頃。

高校生だった有馬一樹は、魅力的な容姿以上にその明るく親しみやすい笑顔を威力抜群の武器にしていた。

なにもかもが軽そうなチャラ男と敬遠している生徒もいたが、どんな垣根も軽々跨いで向けられる笑顔に惹かれる者もたくさんいた。

紬もそんな一人だった。でも、どれだけ勇気を振り絞ってもみんなのように彼に近づけなかったのは、胸に抱えた想いが邪魔をしたから。

いつからなんて、わからなかった。大勢の友達の真ん中で笑っている彼を見ているうちに、気づいた時には胸に熱いものを抱えた自分がいた。言葉もろくに交わしたことがないのに彼の声を耳にするだけで、心が嬉しさに震えた。

（私？　私は変わったよ）

彼にも、自分自身にも言い聞かせる口調だった。

（私、変わろうと頑張ったの）

大学に進学してからの四年間、有馬への想いにあえて目を向けないようにしてきた。新しい学舎に新しい友達、憧れの一人暮らしに初めてのアルバイト。日々を忙しく過ごしているうち彼への一方的な想いは少しずつ熱を失い、形もあやふやなものとなって……。今では、スマホのなかのスナップの一枚に閉じこめた過去のような、甘く懐かしい思い出に変わっていた。

紬は胸に置いた手に、少しだけ力を入れた。

ふとした瞬間にじわりと広がりそうな痛みを抑えつける。

（これはね、違うの。……そう、久しぶりにあなたを見て感傷的になっているだけ）

有馬に恋をしていた記憶は消せない。だが今はもう、過ぎ去った高校時代を彩る思い出のひとつにしてしまえた。だからこそ、紬はハロー・エブリィグループ傘下のショッピングセンターに就職できたのだ。有馬一樹という存在は、この心のなかからとっくに追いやられている。そのことを自分自身に証明したい気持ちもあった。

（大丈夫。何の心配もない。彼は私がここにいることすら知らないんだもの）

一方的な再会だ。何も起こりようがなかった。いや、もし顔を合わせたとしても、二人の間に何かが起こるはずもない。高校時代も今も、同じ制服や似たスーツを着た集団のなかにあっさり埋もれてしまう自分と有馬との間には、重たいゲートを開かなければ渡れない橋があるのだから。

ただ……。

それでも紬は考えずにはいられなかった。

高校の卒業式を間近に控えたある日――たった一度だけ、紬は勇気を振り絞って頑丈なゲートを押し開き、その橋を渡ったことがあるのだ。

あれは……、まさに夢を見ているような七日間だった。

有馬の瞳に紬だけが映っていた、奇跡の七日間。

「紬ちゃん。このまま俺のカノジョになっちゃう？」

そう囁（ささや）かれたあの時、もし何も迷うことなく無邪気に頷（うなず）いていたら……？　自分たちの現在（いま）は変わっていただろうか？

この四年間、そこにあることを忘れたように振るまい、一度として開いてみることのなかった記憶の日記を、紬はめくりはじめていた。

第一章　奇跡の七日間

夕方、ふらりと立ち寄った駅前の本屋で有馬君を見かけた瞬間(とき)、私は運命の神様に思いっきり背中を押されたのを感じた。このところ心をざわつかせていたものの正体が何かに、私はとうとう気づいてしまった！

高校の卒業式まで、今日を入れてもあと一週間。たったの七日間しかない。どんなに足掻(あが)いても動かしようのない現実に、寝ても覚めても私は追い立てられていたのだ。

いいの？　何も伝えないまま、彼と会えなくなっても？

ふいに頭のなかでもう一人の私が切羽詰まった声をあげた。

後悔しない？　絶対に？

ちゃんとふられておかないと、いつまでも引きずるんじゃない？　この先、有馬君じゃない誰かを好きになる自信はある？

最後のチャンスなんだよ？　これがもう、本当に最後のチャンス！　卒業式の日の彼はきっと友達やファンの女の子たちに囲まれて、私が話しかける隙なんか一ミリもないんだから。この気持ちを伝えるチャンスは今しかないんだから！

私はありったけの勇気を強く握った拳に溜めると、彼の後ろ姿に向かって一歩を踏み出した。幸い美術関係の本を並べたそのコーナーに、彼以外の人影はなかった。もし誰かいたとしても、私の足は止まらなかっただろう。

「――有馬君」

思い切って呼んだ声は、少し喉に詰まって掠れた。

すぐに振り向いてくれた彼の目に驚きの色が浮かんだのは、ほんの一瞬。周りのみんなを楽しい気分にさせるいつもの笑顔が、ためらうことなく私にも向けられた。そうして、

「あれ？　金沢さんだ。家、この辺なの？」

彼のかけてくれた言葉に、私の鼓動は心臓の震えが伝わるほどに跳ねた。

覚えていてくれたんだ？

一緒のクラスだったのは、一年生の時だけなのに？

話したことだって、ほとんどないのに？

私のこと、覚えていてくれた！

そう思ったとたん、まだわずかに引きずっていた迷いも恥ずかしさも何もかも、すべてを弾き飛ばす勢いで熱いものが迫りあがってきた。胸の奥の奥の……ずっと奥の方に閉じこめ、今まで押し殺していた想いが言葉になって溢れた。

「好きです」

「えっ？」

「有馬君が好きです。つき合ってくれませんか？」

「え……」

「卒業式まででいいんです。私を彼女にしてください」

「待って待って！」

有馬君はさすがに半歩退いたけれど、私に向けられる真っ直ぐな目は変わらなかった。

「え……と……。金沢さんは、俺が好きなの？」

「うん」

「卒業式までって……一週間しかないんだけど？　それって、よくいうあれ？　思い出作りってやつ？」

私自身、びっくりしていた。まさかそんなずうずうしいお願いが口から飛び出すとは、夢にも思っていなかったから。でも、なぜそうしたいかは、はっきりとわかっていた。

「ちゃんと納得してふられるために」

怪訝(けげん)そうに首を傾(かし)げた有馬君は、

「私が好きになった人はこんなに素敵な人なんだからふられてもしょうがないって、うんと思い知らされてさよならしたいの」

私に正直な気持ちをぶつけられ、彼は心なしか赤くなった。

私は彼の何倍も赤くなっていたはずだ。だってもう、ほっぺたが鬱陶しいぐらいに熱かったから。

有馬君は黙っている。彼の返事を待って、私も黙っていた。ほんの数十秒の時間を恐ろしく長く感じた。やがて意識の向こうに追いやられていた店内の人の気配が、ゆっくりと戻ってきた。とうとう私が目を逸(そ)らしそうになった時、

「いいよ」

有馬君がツイと私との距離をつめた。さっき半歩だけ離れた彼が戻ってくる。

「い……いの?」

「うん。なんか面白そう」

彼は「ごめんな、言い方悪くて」と、ちょっと申し訳なさそうに謝った。

「だって俺、今めちゃくちゃびっくりしてるんだよ」

ＯＫの返事をもらえたのがまだ信じられない私は、有馬君の気持ちを何度でも確かめたくて、彼の

ploring ruins

声にじっと耳を傾ける。

「金沢さんは勉強はできるし、自分の意見はちゃんと主張するし。ほかの女子と一緒にファッションやスイーツの話で馬鹿みたいに盛り上がったりもしないだろ？　いつでも妹たちを温かく見守る役回りって感じで。休み時間に一人静かに本を読んでるのが一番似合ってる金沢さんは、俺ら男子の間では近づきがたいクールなお姉さまキャラで通ってるんだよな」


クールなお姉さま？


私は自分がそんなふうに見られていたなんて、初めて知った。

有馬君はいろいろ勘違いしているし、私を買いかぶりすぎている。でも……。たぶん悪い感情はもたれていないと知って、ほっとした。もし、私を嫌っていたら、彼にとってこれからの一週間は義務感だけが頼りの苦行でしかない。そうならないのなら、面白がられようがどうだってよかった。

「そのお姉さまがすごく情熱的でびっくりした」

興味津々とも言えそうな彼の表情は、少しも嫌なものではなかった。

「期間限定の恋人だなんて、とんでもないこと言い出したのにも驚いた」

「驚かせてごめんね」

「いいんだ」

夢じゃないんだ。私の想いを彼は受けとめてくれたんだ。

今までにないほど間近にある有馬君の笑顔に、私の瞼（まぶた）は熱くなった。泣いてしまいそうだ。

「俺、興味があるんだ。彼女バージョンの金沢さんに」

「……うん。私も興味ある」

「へぇ」

有馬君は私の返事をまた面白がっている。

「ちょっと待ってて」

有馬君が書棚に戻した青い表紙の本がどこかの国の写真集であることに気づくだけの余裕が、私にも生まれていた。

彼は私に向き直ると、卒業式までは連日、友達と何かしらの約束が入っているのだと言った。有馬君の人気者ぶりを思えば、当然だった。三年生はすでに自主登校期間に入っている。進学先や就職先がまだ決まっていない者が、必要に応じて顔を出すだけだ。有馬君が第一志望の学校に合格したのは、彼と友達の会話を盗み聞いて知っていた。私同様、彼との思い出を作りたい人間にとっては、この七日間が最後のチャンスなのだ。

「スケジュールはいっぱいってことだよね」

「まあ……そう。金沢さんは？」

「私は全然大丈夫だけど……。贅沢（ぜいたく）は言わない。毎日三十分でも会ってくれれば……」

「受験は終わった？」

頷いた私の胸に、苦しいような淋しさが広がった。春から私は彼の通う大学とは都内の端と端とに離れて、偶然の再会もまるで期待できない女子大に通う。

「んじゃ、問題ないな」

私の心臓が大きく飛び跳ねた。有馬君がごく自然な動作で手を繋いできたからだ。こうするのが当たり前でしょと言いたげな澄ました顔が、大切な一日目のはじまりを告げていた。

「予定はつまってるけど、心配はいらない。デートの時間は作るよ」

「あ……の……、ほんとに三十分でもいいんだけど……」

書棚の間を歩きはじめた有馬君は、繋いだ手に力をこめ、私を自分の方へと引き寄せた。あっという間に距離を縮めてくる彼に、私の鼓動はドキドキとスピードをあげ続けている。

「一分でも一秒でも長く二人でいられるようにする。当然だよ。友達も大事だけど、優先すべきはやっぱり彼女——だろ？」

いつも遠くからこっそり眺めることしかできなかった彼の笑みが、私一人に向けられている。

「ありがとう、有馬君」

「一樹でいいよ。俺も紬って呼ぶ」

呼び捨てにされてもいいと思った男の子は、彼が初めてだ。

「手始めにお茶はどう？」

「うん」

「で、明日は映画観(み)てご飯食べるのは？　定番コースだけど」

「定番がいい。有馬……一樹さえよければ、世の中の彼氏と彼女が経験することを……」

「うん？」

「彼氏と彼女がすることを全部、あなたと体験してみたい」

肩を並べて歩く有馬君と私の身体は、時々くっついたり離れたりしている。でも、私はわかっている。胸を高鳴らせる恋人同士のこの距離も、所詮は幻。有馬君はきっとそのことを私に感じさせないように、手を繋いでくれた。名前で呼んでくれた。


やっぱり優しい。

よかった。有馬君を好きになって。


私を思いやる彼の優しさをいつまでも離したくなくて、繋いだ彼の手を強く握り返していた。


――翌日。

日が落ちる前に家に帰った私は、自分の部屋に入るなりしゃがみ込んだ。有馬君の前でずっと赤かったかもしれない頬を両手で押える。

今日の私は彼と会う前にはもう、どこもかしこもふわふわしていた。頭のてっぺんから幸せに甘く溶けていくみたいで、まともに立っていられる気がしなかった。ひょっとしたら私、嬉しさのあまり彼といる間中ステップでも踏んでたんじゃないかって、本気で心配になってくる。

午前中、有馬君と映画を観た後、彼が前もって調べておいてくれた洋食屋さんでランチをした。本当は友達とお昼から約束があったのに、私のために彼一人だけ時間をずらして合流することにしてくれた。

「……あ」

苦しくなるようなため息と一緒に溢れてくる。今日、彼が作ってくれた思い出が次から次へと押し寄せてくる。熱に浮かされた頭で、私は憧れ続けていた恋物語のページをめくる気分に浸っている。

「有馬君……」

約束した名前呼びはなかなかできないけれど、思いもかけず主人公になれた私は、どのシーンでも確かに有馬君の彼女だった。


──たとえば、映画館に向かって歩いている時。有馬君は私との身長差がちょうどいいと、嬉しそうに笑った。

「こうしてしっかり目を合わせて話せるし、手をつなぐのにも肩を抱くのにも彼氏としては嬉しいバランスなんだよな」

「そう……なら嬉しいけど」

「けど?」

「男の子はもっと小柄な子の方が好きなのかと思ってた。その方が可愛いでしょ」

「あ?　ひょっとして、紬は背の高さがコンプレックスなんだ?」

「そこまで気にしてないよ。でも、とりたててスタイルがいいわけじゃないから、遠目に電柱っぽいというか。小学生の頃、そう言ってからかってきた男子もいたしね」

「電柱って……マジ?　とんでもないな。クラスに一人ぐらいいるよな、その手の悪ガキって。けど、そいつも今はわかってんじゃない?　紬みたいなのをスレンダー美人っていうの」

「……美人ではないかと……」

「そんなことでこっそり悩んでる紬は可愛いよって、俺なら自信をもって言えるな。だって、俺は紬の彼氏だもんな」


——たとえば、二人で選んだサスペンス映画がクライマックスに差しかかった時。有馬君は突然私にもたれかかるようにしてくっつくと、親にも彼の仲のいい友達にも、誰にも聞かせたことがないんじゃないかってぐらい情けない声で呟いた。

「これ、サギじゃん。サスペンスじゃないだろ。ホラーだろ」

「怖いの苦手なの？」

「誰にもカミングアウトしてないけど」

「え？　私が初めて？」

「紬なら、二人だけの秘密にしてくれるはず」

――たとえば、お昼を食べたカフェのオムライスセットが評判ほど美味しくなかった時。有馬君は
「ちょっと残念だったな」とぼやきつつも、ちっとも残念そうじゃなかった。
「紬としゃべるの楽しいから、ま、いっか」

また知らずについた私のため息は、自分でもわかるぐらい熱く震えていた。身体のなかをぐるぐると駆けめぐっている嬉しさが、行き場を求めて暴れている。

有馬君は友達との約束の時間が迫っているというのに、駅の改札まで送ってくれた。

「昼間でも一人で帰すの、心配だよ。このへんじゃなかった？　つい最近、痴漢だか変態だか出たの」

有馬君はそう言ったあとで、クスリと笑って続けた。

「でもね、それは二番目の理由。一番はわかるだろ？　熱い告白をしてくれた紬ならわかるはず。うそ？　わかんない？　二人で一分でも長く一緒にいたいからに決まってるじゃん」

七日間限定の恋人同士というとんでもない設定にも、通常の三倍速で進む二人の関係にもごく自然

に身を委ねられるのは、すべて彼のおかげだった。私といる間、ずっと笑顔でいてくれる彼のおかげ。

「今日はほんとに楽しかった。だから、俺が一緒にいる間、紬に言ったことは、リップサービスじゃないよ。紬といて本当に思ったことを伝えただけだからな」

別れ際に囁いてくれたあの台詞(ことば)も、たぶん彼が私のために書いてくれた優しいシナリオ。

そんなわかりきった現実を改めて自分に言い聞かせてみても、私のなかの幸せが萎(しお)れることはなかった。

バイバイと手を振って一度背を向けた彼は、すぐに私の前に戻ってきた。

「忘れてた。プレゼントしてほしいものがあったら、明日までに考えといて。高校生の小遣いの範囲で買えるものって条件付きだけど」

プレゼントなんてびっくりし過ぎて返事もできない私の手を、有馬君は握って引いた。私に迷う隙を与えない、びっくりするぐらい強い力だった。それから……。


不意打ちはずるいよ、有馬君！


私は堪(たま)らず開いた両手に顔を埋めた。

ほっぺたよりも何よりも、彼の唇を感じたおでこの真ん中がズキズキ疼(うず)いていた。

彼がくれた初めてのキスは燃えるように熱くて、やっぱり優しかった。

有馬君の彼女になって、三日目――。

午後二時から夕方五時まで――有馬君がとっくに決まっていた予定をあっちへ動かしこっちへ押しやりして私のために空けてくれた、貴重な三時間。私は今日もまた大切な発見をした。

「なんで？　どうして逃げるの？　ほら、試着はタダなんだし。着てみせてよ。そりゃあ俺のなかでは、紬は制服が似合う女子ナンバーワンだよ。黒髪ロングが引き立つシンプルかつストイックなデザインの服がぴったりのクールキャラなわけで。けど、こういう可愛い系のワンピも絶対似合うよ。ギャップ萌えってやつ？」

押しつけがましいのも、相手の身勝手に振り回されるのも苦手なはずなのに、彼になら強引にされてもドキドキしてしまう不思議。欲しいものを買うお金がなくても、興味のまるでないものを売ってるお店でも、あれこれおしゃべりしながら商品を見て回る楽しさ。

私は好きな人とならどこへ行っても、何をしても楽しいんだってことを知った。そして、気がついた。私が楽しいのは、やっぱり全部有馬君のおかげだってことに。二人で過ごす限られた時間を大切にしたいと本気で思ってくれているからこそ、彼は笑顔を絶やさないでいてくれる。

私が恋をした人は、そういう気遣いのできる人なのだ。

彼を好きになってよかった。
今日もそう思った。

最初に惹かれたのは、ルックスだった。彼のファンの女の子たちの多くがそうであるように、人気のボーイズグループの押しメンでも眺める気持ちだった。チャラい台詞もなぜだか心地よい口説き文句に聞こえてしまう、おおらかで華やかな印象を与える容姿の彼は、いつもクラスの中心にあって王様級のオーラを振りまいていた。

同じ教室にいるからといって、人付き合いに慎重な私が気軽に話しかけられるはずもなく……。他人との間に用心深く距離を取り、仲良くなるまで時間のかかる私が周りの目にクールな女と映っていたとしたら笑ってしまうけれど、でも、そんな私だからこそ有馬君に出会った瞬間、彼の笑顔の秘めた力に気づけたんだと思う。

あの笑顔を見ていると、なんだか温かいものに触れている心地になってほっとする。君も俺の隣においでよと呼ばれているようで、近づく勇気はなくても嬉しくなった。言葉は交わさなくても毎日眺めているうちに、いつの間にか私の心に彼を想う気持ちが芽吹き、気がつけば抱えきれないほど大きな花を咲かせていた。

有馬君の彼女になってからの私は、大好きな彼の微笑みのシャワーを一身に浴びていた。

今日もそうだった。

買い物の最後に寄ったのは、私がよく行く雑貨屋さんだった。アクセサリーコーナーの一番目立つ場所にいつも陳列してある、アンティーク調のブランドがお気に入りだった。

「このペンダント、新作だよ。見て見て。すっごく綺麗なブルー」

「へぇ。ペアになってるんだ。凝ってるな」

満月と三日月を模した二つのヘッドが、仲良く並んでいた。

三日月は、今にも滴り落ちそうにしっとりとした群青色をしている。満月の金色は、アンティークぽさを演出する微妙にくすんだ光のベールをまとっている。三日月の内側にできる丸くなった空間に、ひと回り小さな満月がぴたりとはまるデザインだった。二つがひとつになって完成する大きな丸いヘッドは太陽を現していると、添えられたカードに説明書きがあった。

「これにしようか？」

有馬君はもうその気になって、値段を確かめていた。見栄えがいいわりにどれも高校生でも手が出る値段なのも、私がそのブランドを気に入っている理由のひとつだった。


ペアのペンダントなんて。

彼が贈ってくれるなんて。

これ以上の思い出はないよね。

ペンダントなら、こっそり着けていられるし。

ずうずうしいのはわかっていたけど、私も彼の気持ちに甘えてすっかりその気になっていた。

もらうならこっちの方がいいな。

私は三日月の胸に大切に抱かれた満月を手に取ろうとして、ハッとした。


思い出の品なんかもらって、どうするの？

頭のなかに、自分を責める自分の声が響いた。

有馬君のこと引きずりたくなかったからこそ、あれだけの勇気をふるって彼に無理なお願いができたんじゃない？　一番大切なことなのに、忘れちゃった？


「どうかした？」

有馬君が不思議そうに私を見た。

「ほかのにする？」

「そうじゃないの。気持ちよくふられてあなたを忘れるつもりでいるのに、思い出が形で残るのはどうなのかなって……」

ペンダントを目にするたびに彼への想いが蘇って、辛いだろう。思い出が完全に過去のものになるまで、長い長い時間がかかるかもしれない。その間、次の恋もできそうにない。

「俺は忘れないな」

有馬君は二つのペンダントを手のひらにのせた。しばらく迷った後、満月の方を私に差し出した。

「あんなに面白くてドキドキとさせられた告白はないから、忘れたくない」

「有馬君……」

「有馬君じゃなくて、一樹！　呼んでくれたの最初の一回だけじゃん。いつになったら聞けるのかなあ」

有馬君にあの笑顔を向けられ、私はペンダントを受け取っていた。


どうしよう。本当に買ってもらっちゃった。


彼と別れて一人になっても、私の心はざわついていた。どうしようどうしようと、頭のなかで同じ台詞がぐるぐると回り続けていた。

有馬君を好きになってよかったと思う。本気でそう思う。


……そう思っているのに、この気持ちはなに？　なんだか苦しい。少しずつ追いつめられていくみたい。ゆっくりと息ができなくなっていくみたい……。

幸せ一色に輝いていたはずの心に、薄く影が射していた。

後悔だろうか？

残されたわずかな時間の間だけ彼女にしてもらったのは、間違いだったと思い知らされる予感だろうか？

手のなかのペンダントが急に重たくなった。

あっと言う間に四日目がきてしまった！

有馬君を遠くから眺めるしかできなかった頃、私が感じていた彼の優しさは、まやかしではなかった。自分に都合のいい夢を見ていたわけでもない。彼は本当に優しい人なのだと証明される毎日は、とても楽しかった。嬉しさに心が弾んだ。

でも、私は知らなかった。そうやって有馬君の優しさをリアルに感じるにつれ、自分が今まで以上に強く彼に惹かれていくことを。もがいてももがいても底無しの海に沈んでいくように、どんどん好きになっていく。そうして、私の有馬君への想いもリアルなものになる。

私だけに微笑みかけてほしい。

ずっと手をつないでいたい。くっついていたい。

もっと触れてほしい。

今だけはあなたの彼女であることを、体温を通して感じたい。

有馬君にいろいろなことをしてほしい気持ちでいっぱいだった私は、だから今日、額から唇に移った彼のキスを迷わず受け入れていた。


今朝――有馬君が私の家まで迎えに来た。授業があった時は、ちょうど家を出る頃合いの時間だった。彼はダークブルーのブレザーの制服を着てきた。私も着ている。

『明日は学校いかないか?』

有馬君に提案されたのは、昨日、別れた後にかかってきた電話でだった。

『順番が逆かなって思ってさ。アオハル的には外デートの前に校内でいちゃいちゃ、が定番コースだろ』

「うん。そのシチュエーションには憧れてたかもしれない」

私は正直に答えていた。

「こっち!」

校門をくぐったとたん、彼は私の手を引き駈けだした。連れて行かれたのは、特別教室ばかりが入った三号棟だった。屋上への出入り口でもある施錠された扉の前。彼は、この踊り場は穴場のデートスポットだと教えてくれた。「だって、ここには誰もこないから」だそうだ。

並んで腰を下ろしてすぐ彼は謝った。

「ごめん。今日は遠出の約束があるんだ。車の手配なんかもやってもらっちゃってるから、こっちの都合で動かせなくて。一時間ぐらいしか一緒にいられない」

「最初に言ったでしょう。私はもっと短い時間だって二人でいられるだけで嬉しいの」

「時間がないから、やりたいことだけすることにした」

突然そう宣言した有馬君は、私に向き直った。

「今日、紬を学校に誘った本当の理由がある」

「本当って？　……なに？」

「紬と二人きりになりたかった」

「え……」

とっくにうるさく走っている鼓動が、またスピードをあげた。

下級生たちが授業中の校内は、私の心の高鳴りまでもが聞こえてきそうに静かだった。

「紬……」

私を呼ぶ声は低く、力がこもっていた。

一瞬、熱い予感のようなものに襲われ、私は目を閉じていた。

額に触れた唇を冷たく感じるのは、きっと私の体温が馬鹿みたいにあがっているせいだ。

有馬君の気配がゆっくりと離れていく。

「……紬」

彼の声は今までで一番優しく私の耳に響いた。

ふいに彼の息が頬をかすめた。

私が閉じた瞼に力を入れた時、唇にそっとキスが落ちてきた。

私の熱が移ったように、彼の唇も熱くなった。

そんなはずはないのに、口のなかが甘くなった。

きっと一生忘れられない私のファーストキスは、蜜のように甘く甘く溶けていくキス。

私は後悔なんかしない。

制服の下にこっそりつけてきたペンダントの重みまでが溶けていく気がした。

とうとう五日目になった。

昨夜、美和（みわ）ちゃんと電話をしている時、偶然有馬君の話が出た。クラブを三つも掛け持ちしていた美和ちゃんは私とは対照的に学年クラスを問わず友達が大勢いて、校内のニュースや噂話（うわさばなし）が自然と集まってくる。私にはどれも初めて聞く話ばかりで、しょっちゅう驚かされたり笑わされたり、彼女とのおしゃべりは楽しかった。

でも、昨夜は違った。有馬君の彼女についての新情報だったから、今の私には笑って聞くどころではなかった。相槌を打つのも苦しかった。

「彼、外に彼女がいるんじゃないかってずっと言われてたでしょ？　ついさっき聞いたんだけど、どうやら本当みたいよ」

美和ちゃんはアイドルの秘密を一番にキャッチしたたワイドショーのスタッフかと思うぐらい、わくわくと興奮した口調だった。

「現場を目撃したってその子ね、学校は私たちとは違うけど、有馬君ちの近くに住んでるのよ。今日、夜遅くに彼が女の人と二人で帰ってくるの、見たって。相手、年上らしいよ」

「年上……。どうしてわかったの？」

「有馬君、その彼女の運転する車で帰ってきたんだって。高校生にはとてもハンドルを任せられない高級車だったし、彼女はばっちりスーツで決めてて、いかにも仕事ができそうな雰囲気だったって」

「有馬君は一人っ子だから、その人がお姉さんの可能性はないね」

「ないない。お姉さんとはキスしないでしょ」

私の胸はズシリと重たくなった。

美和ちゃん情報によれば、別れ際、有馬君は運転席にいたその年上の女性と窓越しにキスしていたという。

「彼、将来は大企業のトップの椅子が約束されてるプリンスだもんね。セレブなお嬢様のお知り合いもたくさんいるんじゃない」

「……うん」

「本命は自分だとわかってるから、たくさんいるガールフレンドは公認するわよって包容力のハンパない、彼女はクールなお姉さまってとこかなあ」

そう言えば、昨日、有馬君は遠出をする約束があると言っていた。彼と出かけた相手がその女性だろうか？　考えれば考えるほど、二人が恋人同士なのは間違いないように思えてきた。

今日も私が有馬君といられる時間は二時間もない。

相変わらず有馬君は忙しかった。高校卒業、大学入学という一大イベントを本人を囲んで祝いたい人たちが、彼のまわりには山ほどいる。

日を追うごとに二人でいたい気持ちを強くしている私の本音を察してなのか、昨日も有馬君は何度も「ごめん」を口にした。

「ごめん、もう少し時間を作りたかったんだけど、俺の両親の仕切りで親戚一同が集まる日なんだよ。身内に俺以外にも卒業や進学する人間がいて、全員まとめてお祝いするんだ。毎年の恒例行事で、強制参加。今年は祝ってもらう方だから、パスできなくて。ほんとごめんな」

お祝いの会は、ホテルのホールを貸し切りにしての豪華なものらしかった。ひょっとしたら美和ちゃんのいうセレブなお嬢様たちも、ゲストで招かれているのかもしれない。

有馬君の家が大手流通グループの創業者一族なのは、知っていた。でもそんなこと、今まで一度も意識したことはなかったのに、私は急に気になりはじめていた。父、母ともにごく一般的な会社勤めをしている自分と彼とでは、おつき合いするには身分が違うんじゃない？　——と思ったところで、ハッとした。

身分違いって、なに？　いったい、いつの時代の話よ。そもそも私たちが彼氏彼女でいるのは、七日間だけなんだもの。有馬君との未来があるわけでもないのに、先のことを気にするなんて馬鹿みたい。

「ほんとに馬鹿みたい」

わざと声に出して私は言った。けれど心のどこかに、今だけはという願いがあった。どちらから言い出したわけでもなく、今日も学校の踊り場で会う約束になっていた。私がそうしたかったのは、有馬君と二人きりになれる場所だったからだ。

馬鹿みたいだけれど、せめて今だけは彼も私と同じ気持ちだったらいいのに。

ちょうど昼休みの時間だった。有馬君は私が予告もなしに持って行ったお弁当を喜んで受け取ってくれた。彼の家にはお手伝いさんがいて、彼女が作ってくれるお弁当はまさに一流シェフ級なのだけれど、まるでデパートの商品みたいでかえって味気ないのだと聞いていたから、思い切って挑戦してみた。

「紬の分は？」

「あるよ。私の方はボリューム少なめにしました」

「パーティーのご馳走よりもこっちの方が美味そう。だって、紬の手作りだもんな。俺の好物の果物もしっかり入ってるし」

相変わらずの私への気遣いなのだろう。本当に嬉しそうに美味しそうに食べてくれる彼を見ているうちに、ふいに胸が締めつけられた。

相手が好きな人なら、お弁当を食べてもらうだけでもこんなに幸せなんだ。ううん、私は作る時からもう、うきうきと楽しかった。もしも私が本物の彼女だったら、きっともっと何倍も大きな幸せを感じるんだろう。

そんなこと、知りたくなかった。

知ってしまえば、彼との未来がないのがなおさら悲しい。

今、胸を締めつけているのは、昨日も一昨日も私が必死になって目を背けてきたもの——後悔へと繋がる苦しい感情に違いなかった。

「紬の彼氏になった俺の今の心境はというと、コレだな」

有馬君は二切れめの玉子焼きを箸で摘むと、目の高さに掲げた。

「玉子焼きが関係あるの？」

私は頑張って揺れる心を隠した。

「和風だし味を食べ慣れてる俺がこの甘いやつを食べると、なんかドキッとするだろ？　でも、すぐにこれも美味しいじゃんって好きになってる」

有馬君は玉子焼きを口のなかに入れ、おもむろに瞼を閉じた。しばらく無言になって、ゆっくりと味わっている。

「頭がよくて冷静で、いつももの静かだと思ってた紬のなかに隠れてたもうひとつの顔を見られるのが楽しいってこと」

「なにも隠してるつもりはないよ」

有馬君の目が開いた。

「紬がけらけら笑ってる顔とか照れて赤くなってる顔とか、そういうの知ってるやつはめったにいないと思うぞ」

有馬君が私を見つめている。からかったりおもしろがったりしている目ではなかった。

「もしかして、俺といる間だけはいろんなものがオープンになってしまうのかもって思ってさ。ちょっといい気分だったんだ。でも、気がつくと俺も同じだった」

「同じって……？」

有馬君は、自分も私の前では相当オープンになっていると照れ臭そうに笑った。

「最初、俺に告白してくれた時、紬がなんて言ってくれたか覚えてる？」

「忘れるわけない。納得してふられたいって言ったの。私が好きになった人はこんなに素敵な人なんだからふられてもしょうがないって、うんと思い知らされてさよならしたいって……」

期間限定の彼女になりたがったことを後悔しているのだろう今の私は、思い知らされれば知らされるほど、七日経ってもさよならしたくないと願っている。

「そうまで言われたら期待を裏切るわけにはいかないだろ。けっこう気を張ってたんだ。けど、紬といるうち、いい具合に肩の力が抜けてきた」

さよならしたくない気持ちが、また強くなった。

「嫌らしく聞こえるかもしれないけど、俺、女の子にはわりとちやほやされてるからな。ついカッコつけちゃうんだよね。たぶん、甘やかされてるうち無駄に育ったプライドもあって、自分を頑張って大きく見せようとする」

「そんなふうに感じたことはないけどな。私の前でだけオープンになったことって、たとえば？」

「怖いの苦手なのは、紬しか知らない」

「ああ……」

「髪の手入れをサボるとアホ毛が立つのも知られちゃったし」

「そう言えば……？　見たことなかったかも」

「女の子に限ってだけど、髪の毛フェチなのも隠さなかったし」

「えっ？」

「気づいてなかった？　隙あらば、撫でてたんですけど」

「えぇ……」

とくんと鼓動が打った。

勘違いしてしまいそうだった。私の前でだけオープンということは、私は特別ということ。向けられているこの笑顔も私だけのものだと、信じてしまいそうだ。

お弁当を食べ終わったあと、おしゃべりを続けようとして、私たちは顔を見合わせたまま黙り込んだ。

彼の真っ直ぐな視線に囚われ、私は目を逸らせない。

「有馬君、もう時間がないね。そろそろ行かないと」

何か言いたいのにそれが何かはわからないまま、私は言葉を探していた。

「そうだな。もう時間がない。あと二日しかない」

彼の手がのびてきた。

肩をつかまれ抱き寄せられたと思った時には、くるんと視界が回った。背中に床の冷たい感触が広がり、私は押し倒されていた。

「今日も学校で会いたかったのは、こうしたかったから」

「……うん」

私は進んで目を閉じ、彼のキスを受けた。

たとえ本命の彼女がいるとしても、彼が私に向けてくれる言葉も眼差（まなざ）しも微笑みも、何もかもが今だけは本物だと、私一人のものだと信じようと思った。

唇を重ねるだけの優しいキスは、やっぱり甘かった。

うるさいぐらい打っていた鼓動が、ひと際大きく鳴った。いったん身体を起こした彼が、私の制服の胸にキスしたからだ。

「紬？　ここ、ドキドキしてる？」

乳房の上、私はゆっくりと広がる彼の頭の重みを感じている。

「俺はすごくドキドキしてる」

彼のその言葉を聞いた瞬間（とき）、私の口から溢れた願いがあった。

「私……、ペンダントしているの……」

有馬君は？　有馬君もしてる？　と尋ねたいのにできないのは、返事を知るのを恐れる気持ちが邪魔をするからだ。もしも首を横に振られたら？　今、自分が懸命に信じている現実が壊れてしまいそうで怖かった。

「俺もしてきたよ」

頭をあげた彼がシャツの襟に指をかけ引くと、私とおそろいの銀色のチェーンが覗（のぞ）いた。

息ができなくなるほど、嬉しかった。

ポーズなんかじゃないんだ。今、私といる有馬君は、ちゃんと私の彼氏なんだ。

「紬……」

有馬君が私の髪を撫でている。さっきまでは身体の一部でしかなかったその場所が、彼が好ましく思ってくれているとわかったとたん、大切にしたい特別なものに変わっていた。

「紬は最初に言ったよな。世の中の彼氏と彼女が経験することを全部、俺と体験してみたいって」

彼の指の心地よさが、少しずつ熱を帯びてくる。身体の芯に小さな炎が灯（とも）るような初めての感覚が生まれていた。

「その気持ちが変わってないなら、この先もする？」

「え……」

この先って、それは……？

「するなら明日の予定は全部断る」

無意識のうちにじっと詰めていた息を、私は吐いた。返事がわりの熱いため息が、彼の耳にどう届いたのか。いきなり強い力で抱きしめられた。

「今更、忘れたなんて言うなよな」

私の髪に顔を埋めるその仕種(しぐさ)は、まるで本当の恋人に甘えて駄々(だだ)をこねているみたいで……。

「紬の決めたリミットまであと二日しかないのに」

自分の望む返事しか許さないと言わんばかりの強引な力には、有馬君の自信も込められているようだった。彼は私がきっと自分の欲しい答えをくれると信じている。


『相手、年上らしいよ』


ふいに美和ちゃんの声が頭のなかで響いた。たちまち大きく頭をもたげてきたのは、嫉妬や未練、あきらめや悲しみや……。幾つもの感情を巻き込んでの、年上のその女性(ひと)への対抗心だった。

彼には本命のクールなお姉さまがいて、私はクールなお姉さまキャラでしかないかもしれない。けれど、今の有馬君は私のもの。有馬君の彼女はあなたじゃなくて、私なの。


「紬？」

私は初めて彼の背中に自分から両手を回していた。

「私が最初にそうしてと頼んだんだもの」

「うん……」

「返事は決まってるよ」

ぎゅっと力を込めて彼を抱きしめ返した時、身体の芯に灯った熱いものが掻き立てられ、一気に大きく膨らんだ気がした。


六日目――。

彼と二人きりの部屋で過ごした時間を、私はいつか忘れられるだろうか？　忘れるのは無理でも、ただ懐かしく穏やかな気持ちで思い出せる日がくるのか。どれだけ遠い未来を想像してみても、今の私には答えることができない。すでに手遅れで、記憶は私の身体の奥深くに、もはや自分でさえも手の届かない場所に刻み込まれてしまった気がする。

彼女バージョンの私を見てみたいと言った有馬君の目に、彼の腕から逃げ出さなかった私はどう映っただろう。

私は知らなかった。有馬君の彼女になった自分がこんなにも大胆になれるなんて、知らなかった。キスから先へ進む覚悟すら彼を想う気持ちの前ではどうでもよくなってしまうなんて、知らなかった。

まだ身体にはっきりと残っている彼の手の熱さや優しさも、乱暴なまでに私を離さなかった力強さも、時間が経つにつれ薄れていくどころかより鮮やかに蘇ってくるのを、どうすればいいんだろう。

彼の彼女でいられる最後の日――。

「私が好きになった人はこんなに素敵な人なんだからふられてもしょうがないって、うんと思い知らされてさよならしたいの」

有馬君に訴えた七日前の私は、そうすることができると信じていたはずだ。でも、現実は……。思い知らされてもなお、これから先も彼と一緒にいたい気持ちを振り切れなかった。

七日目の今日は、夕方、有馬君と校門の前で待ち合わせていた。彼には行きたいところがあると言われていた。

「紬もたぶん知ってる場所だ」

そこがどこかは、私にはわからなかった。ただ、さよならの言葉を交わすために彼が選んだ場所だということだけは、わかっていた。

どんなに願っても七日目から先がないのもわかっていた。

昨日、有馬君のベッドでうつらうつらしていた私は、彼が誰かと話す声に目を開いた。何やら内緒ごとめいた気配を感じて、そろりと頭を起こした。半分開いた扉の向こうに、スマホを耳に当てた彼の裸の背中が見えた。

「約束する」

声をひそめてしゃべっている。明らかに私がいるのを意識していた。

「今日の埋め合わせは絶対するから。え？　明日？　明日かあ」

電話の相手は、例の年上の女性だろうか。本命の。

彼の次の言葉が、私の知りたかった答えをくれた。


「ああ――わかってるよ。俺も愛してるって」

一週間が終わったら、有馬君の隣にいるのは自分ではないことを改めて思い知らされ、私はいよいよ彼との別れを覚悟した。それでも、彼の行きたい場所がどこかを知った時、私の心は乱れた。容赦なく広がりつつある失恋の傷口に、いきなり指を突っ込まれた気持ちになった。


「有馬君が来たかった場所って、ここ？」

私は思わず彼を振り返って確かめていた。

「そう。どうしても紬と二人できたかった」

見えない傷口に差し込まれた彼の無邪気な指が、抉るように動いた。昨日、彼が私の身体の奥に残した痛みまでもが一緒に疼くのを、私は唇をきつく結んで耐えた。

学校の裏手の林のなかにあるささやかな社は、本社はどこか別の場所にあって明治時代に分霊されたと聞いていた。地域の住民たちで守ってきた木造の祠（ほこら）は特別な装飾が施されているわけでもなく、背丈も彼とさほど変わらない。二人か三人で両手を回せば囲えてしまうぐらいこぢんまりした造りであること以外、目を引くものはなかった。

でも、学校の生徒のほとんどはこの祠の別名を知っている。

縁切り様

学校の七不思議のようなものだ。この祠の前で告白してつき合うようになったカップルは必ず別れるとか、終わらせたい相手との別れ話をここですれば、望みが叶（かな）って一生縁が切れるとか。毎年新入生が入ってくる時期に話題となって校内を駆けめぐり、夏前にはみんなの記憶の片隅に落ち着く。

（どうしてこんな場所に私を連れてきたの？）

私は声にならない声で有馬君に聞いた。

（有馬君も祠の噂（うわさ）は知ってるはずだよね。だってついこの前、話題にも出たでしょう。有馬君の友達にも、縁切り様のおかげで彼女と別れられたって喜んでる人がいる話をしてくれた）

有馬君が私の隣にきて肩を並べた。私は息を詰め、胸に渦巻く思いと必死に向き合っている。冷静に受け止めようと頑張っている。

（もしかしたら、有馬君は私にさよならを言うだけでは足りないと思ってるの？　昨日、キスの先まで進んでしまった私が有馬君に執着するあまり、約束を忘れて別れてくれないんじゃないかって心配してる？　だから、完全に縁を切りたくて、ここに連れてきたの？）

最後まで彼の前では泣いたり喚（わめ）いたりしないと決めた心が、揺れている。今にも崩れてしまいそうに大きく傾いでいる。その傍らで必死に首を横に振っているのは、もう一人の私。有馬君がそんな意地悪するわけないじゃないと、訴えている。

ふいに有馬君が長身をちょこんと折って、私の顔を覗（のぞ）き込（こ）んだ。

「紬ちゃん、このまま俺のカノジョになっちゃう？」

私は言葉もなく彼の顔を見返した。

春の西日が有馬君の表情を明るく照らし出していた。おどけた口調に相応（ふさわ）しい悪戯（いたずら）げな笑顔で、「なっちゃえよ」と言った。

縁切りの願掛けをする場所で口にする台詞ではなかった。からかわれていると思った。私は初めて有馬君が恨めしくなった。

（嘘（うそ）よ。そんなわけない）

私が好きになった人はそんな残酷なことをする人じゃないという強い思いが、また大きく頭をもたげた。

と……彼の方からふわりと、今までかいだことのないほのかな香りがした。誰かの移り香のような、大人の女を思わせる甘く華やかな匂いが。

私は昨日盗み聞いてしまった電話を思い出した。

有馬君はきっと、私に会う前その誰かと一緒にいたのだ。

――そう思った瞬間、私のなかに渦巻くどんな感情も押し退け込み上げてきたのは、今すぐこの場から逃げ出したい衝動だった。一刻も早く彼の前から消えたかった。そうでなければ泣いてしまいそうだ。ろくでもないことを口走ってしまうかもしれない。

私はスカートのポケットに入れてきたそれを、いつの間にかお守りみたいに固く握りしめていた。

本命の恋人がいる人が、ついこの間まで友達でもなんでもなかった女の子とたったの一週間で恋に落ちるわけがなかった。有馬君はたちの悪い冗談を口にしたことを、すぐに謝ってくれるだろう。そうして「楽しかったよ。元気でね。さよなら」と言って、最後にもう一度だけ、この七日間私一人に向けてくれていたあの優しい笑顔を見せてくれるだろう。

(嫌だ！　何も聞きたくない！)

彼に別れの現実を突き付けられる瞬間を想像するだけで、胸が痛みで撓んだ。息をするのも辛くなる。

(彼女にしてくれなんて、やっぱり頼まなければよかった！)

後悔の波に呑み込まれた私は、有馬君の口からさよならを聞く前に、どうしても自分が先に言わなければと追いつめられた。

「なっちゃう？」

「なっちゃわない」

私は有馬君を真似て、軽い口調で答えた。

「だって、七日間限定のつもりだったんだもの」

たちまちぼやけてきた視界に、私は目を伏せる。瞼の内側に熱いものが溜まっている。

「七日間が終わって、今はすっきりした気分。全部忘れて。私も忘れる」

大丈夫だろうか。声が震えていないだろうか。彼の目にいつも映っていた私を、クールなお姉さまキャラを演じきれているだろうか？

「忘れられるの？」

思いがけず聞き返された。

有馬君から目を逸らしている私には、彼がどんな表情をしているのかわからない。ただ、耳に届いた声は冷ややかに感じられるぐらい静かで、彼がとても真剣でいるようにも怒っているようにも聞こえた。

私はポケットのなかのお守りを、もう一度強く握りしめた。今日は着けて彼に会おうか外そうか、迷い続けたペンダントだった。

「さよなら」

私は思い切ってポケットから手を出すと、拳を有馬君の前で開いた。彼の手に半ば押しつける。自分の指からペンダントが離れた時、身体のどこか一部を無理やり引き千切ったような痛みが走った。

ペンダントは彼の元には戻れなかった。昨日、ベッドのなかで私の胸に金色の光を灯していた小さな月は、あたかも二人の間を分かつように滑り落ち、足元に転がった。

「まさか突っ返されるとは思わなかったな」

「もらった時、嬉しかったたのは嘘じゃないよ。だけどもう……、明日からの私には必要のないものだから」

これから彼のいない世界を生きていく私が必要としてはいけないものだった。でも、本心は違う。

(後悔してもいいの。あなたとの思い出にずっと持っていたいの。手放したくない!)


「待てよ!」

彼に背を向け行こうとした私を、彼の声が追いかけてくる。

「金沢さん!」

呼び方が七日前に戻った。自分の顔が歪(ゆが)むのがわかった。さっき味わったのと同じ、身体の大切などこかが欠ける痛みが、私から言葉も呼吸さえも奪っていく。

「最後まで一樹って呼んでくれなかったな。そこまで夢中じゃなかったってことか」

思わず足を止め振り返りかけた自分を、私はやっとの思いで押し止めた。今さらなにを言っても二人の関係が終わることにかわりはないのだから。

振り返ろうとしたほんの一瞬、私は有馬君を見た。濡れた瞳にぼやけて映った彼は、微かに眉を寄せていた。今まで見たことがない険しい表情を貼りつかせ、彼は静かに怒っているようだった。

第二章　復讐（ふくしゅう）のキス

通勤途中の並木道が新緑に濃く塗り潰された、その日――。

出社してすぐ受付カウンターの定時点検をしていた紬は、社報の入ったラックに目を止めた。補充したばかりなのに、またもや残り数冊に減っている。今月に入ってやたらと持ち帰る社員が増えている原因に見当はついていた。

紬は倉庫から持ってきた在庫をラックに投入した後、少しためらってから一冊を手に取り、巻頭のカラーページを開いた。発行された日に一度目を通したきり記憶の向こうに追いやっていた。

（有馬君、やっぱり雰囲気変わったな）

プライベートブランドにおける新商品の爆発的ヒットを伝える記事だった。企画開発チームを率いたリーダーとして、有馬が広報部の取材を受けている。

（新入社員の時とは比べものにならないぐらいスーツが似合ってる）

似合うを通り越し、スーツの新作カタログを飾るモデルばりに格好良く着こなしているところなど、いかにも有馬らしいけれど。

ちょうど三年前になる。入社式の壇上に、まだ学生の初々しさを残した有馬を見た時のことを、紬は驚くほどはっきりと思い出していた。

今回有馬のあげた成果は、社会人になってからの三年間、彼が次期トップの肩書に押し潰されることなく着実に仕事をこなしてきたからこその結果なのだろう。入社式には浮いて見えたスーツも、彼が成長することでしっかりと身体に馴染み、内側から滲む自信が凛とした輝きを与えていた。

紬は有馬の活躍ぶりを詳しく知らなかった。知りたいとも思わなかった。入社後、都下の店舗にお客様対応係として配属された紬と、本社の経営戦略室に部長職として籍を置く有馬と。二人の距離は無関係と言っていいほど遠く、知らなくてもなんの支障もなかった。

でも、いい男の情報に目のない、婚活力の高い女子社員たちは違う。イケメン次期ＣＥＯの活躍ぶりを、グループ会社の垣根も跨いで追いかけているらしかった。今号の社内報のはけが良いのは、たぶん彼女たちのせいだ。巻頭を飾った有馬の記事を目当てに、いつもは見向きもしない冊子を奪い合うように手にとっている。

有馬が企業人として華々しい経験を積んでいた三年間、紬がどうだったかと言えば——。

「おはようございます、チーフ。あの……昨日のクレーム……じゃなくて問い合わせの件、どうしたらいいですか?」

後輩スタッフの心細げな声が聞こえてきた。紬は彼女を振り向き、「まかせて」と笑ってみせた。

「私が替わって担当するから。あとで私とお客様のやりとりの記録に目を通して、今後の参考にしてね」

「そうします。あ、ありがとうございます」

後輩は心の底から安堵した表情で、紬に頭を下げた。


紬はこの春からハロー・リカバリーセンターに異動になった。開設二年目になるハロー・エブリィグループの厚生保養施設で、グループ会社の社員たちが心身の健康の増進や、生活の充実を目的に利用する。大規模ホテルに似た造りの建物は、地方からの出張組や本社で行われる研修参加者の宿泊所も兼ねていた。紬は利用する社員の——すなわちお客様の受付兼館内インフォメーション業務を担当している。

今回の異動で初めて役職がついた。目下、このカウンターに座る三人のスタッフのチーフを務めている。給料も上がった。でも、紬が何より嬉しかったのは、昇進に際してかけてもらった当時の上司の言葉だった。

『入社以来、金沢さんがお客様担当として培った対人能力には素晴らしいものがある。顧客からも会社からも信頼を得る形で問題解決できる人材は、大切な財産なんだ。その力をぜひともグループ社員みんなのために役立ててほしい』

新しい部署での働きを期待されていると肌で感じて、仕事への意欲が何倍にも膨らんだ。

(うん。大丈夫。こうやって彼の顔を見ても、私はもうなんでもない)

紬は写真のなかの有馬をじっと見つめながら、心のなかで呟いた。

三年前の入社式の時は、大丈夫と唱える口とは裏腹に、高校卒業以来初めて見た有馬の姿に心を揺らされた。その証拠に、有馬の彼女として過ごした七日間の記憶を一日、また一日と、すべて蘇らせてしまった。

それからも、

（もし、本当の再会をしたらどうする？　舞台の上と下とかじゃない。面と向かって本物の有馬君とだよ？　それでも平気でいられる？）

時折、心の内で問いかける声が聞こえて不安になったが、そのたびに再会はありえないと自分に言い聞かせてきた。実際、仕事上繋がりのない有馬とは、入社式を除けば遠目にでも顔を見る機会さえなかったのだ。

リカバリーセンターに異動が決まった時も、もしかしたら？　と心配した。有馬がセンターに足を運ぶかもしれないと思ったからだ。しかし、自分より社内の事情に明るそうな先輩社員に尋ねてみると、

「偉い人たちはあえて使わない暗黙の了解があるみたいよ。だって社員がリフレッシュしてエネルギーを充填（じゅうてん）する場所なのに、上司の顔がチラチラしたら寛（くつろ）げないでしょ」

「役員クラスになると、会社の施設なんかに頼らなくたってそれぞれがもっとラグジュアリーな癒（いや）しスポットを利用してるだろうし」

紬は先輩たちの説明に納得した。

「でも、一樹様には一度は御来館願いたいよね。本社の肉食女子に狙われまくってるって噂のイケメ

ンプリンスを間近で見てみたい」

「ダメダメあきらめなさい。目下トップの椅子に向けスパルタ教育受けてる真っ最中だそうだから、こんなところで油売ってるヒマはないよ」

彼女たちは残念そうだったが、紬は本当にほっとしたのだった。

「今日の予約の件、事務局に行って確認だけとってきてくれる？」

「はい」

「私は点検の続きをすませておきます」

紬はできたてほやほやの部下が事務局に向かうのを見送ってから、ラックに向き直った。

この仕事について、あっと言う間の一カ月だった。ほのかにピンクがかったグレーのスーツの制服も、少しずつだが肌に馴染む感覚があり、ようやく着心地がよくなってきたところだ。ノーカラーのジャケットの襟元を飾る、白とブルーのスカーフループがお気に入りだった。周りのみんなはクールビューティーなどと言って褒めてくれるが、紬自身は相変わらず背丈ばかりが目立って凹凸(おうとつ)の控えめな、電柱ボディだと思う。

(念のため、中身の状態も確認をしておこうかな。前にページが破れたのが混じってたことがあったし)

センター内の各施設はすでに動いているが、フロントが開くまでまだ三十分近く時間があった。紬がカウンターに背を向け、並べられた書類やリーフレット類のチェックをしていた時だった。

「おはよう」

突然かけられた声に、紬は胸を衝かれた。

「早い時間に申し訳ない」

「あ――はい」

慌てて振り返った紬は、そこに自分の心を一瞬で波立たせた原因を見つけた。

「経営戦略室の有馬です」

「はい。よく存じあげております」

紬がとっさにそう答えた時、束の間、有馬の視線が自分に強く注がれたように見えた。

「ひと通り館内を見て回りたいのですが」

「……はい」

紬の心臓は今にも胸を破って飛び出そうに打っている。

「ゲストルームは空いてますか？　今日一日使う予定です」

センターには月に二、三度、他社の人間が見学に訪れたり、マスコミの取材が入ったりする。ゲストルームはそうした特別な来館者に、臨時のオフィス代わりに使ってもらっている。希望があれば宿泊もできる。

「五室とも本日は予約は入っておりませんので、ご希望のお部屋をご用意できます」

心の乱れが、短い受け答えさえ落ち着きのないものにしてしまったかもしれない。有馬は紬の目を真っ直ぐ見据えて、「なにか？」と尋ねた。

「いえ、経営戦略室の方がお見えになるということは、センターに何か問題でもあるのかと思いまして。事前に御連絡もいただいておりませんでしたし。詮索するようなことを言いまして、申し訳ありません。ですが、万が一センターに問題があるのだとしたら、私たちスタッフも無関係ではありませんから気になりました」

入社してまる三年。店舗や商品へのクレームに留まらず無理難題な要求から個人的な愚痴、スタッフへの罵詈雑言まで。様々なお客様とのバトルを通し接客力を鍛え上げられた紬は、同時に必要不可欠なスキルとして、自分の感情を隠す術を身につけていた。紬は動揺を悟られまいと、強く表情を引き締めた。

「仕事熱心なのはよいことです」

有馬はニコリともせず紬を褒めた。

「センターを開設してまる一年が経ちました。あなたも心配しているような問題の種がどこに隠れていないとも限らない。私はそれを自分の目でチェックするために来たんです。抜き打ちという言い方は大げさかもしれませんが、事前通告すると悪いところは隠されてしまう可能性があるでしょう」

真っ直ぐに視線を向けてくる有馬に、紬も懸命に対抗する。気を抜くと逸らしてしまいそうになる目を、真正面から七年ぶりに再会したその人に向けている。

「あなたのお名前は？」

——有馬が淡々と、何の感情も感じられない声で口にした一言が、暴れる紬の鼓動にストンと刺さった。

（……え？　有馬君、私だって気づいてない？）

いきなりスイッチを切られでもしたように、身体のなかがシンと嘘みたいに静かになった。

ほんの一瞬、冷たく苦いものが喉の奥に広がった。なぜ彼が気づいていると思い込んでいたのか。彼を振り返る勇気もなかった縁切り様での別れから、七年もの時間が経っているのだ。忘れられていても少しもおかしくないのに。

彼の視線が自分が誰かを認めたように見えたのは、きっと気のせいだ。紬は勝手な思い込みを力まかせに打ち消し、気持ちを立て直した。

（大丈夫。そうよ。実物を前にしたって、ほら、平気じゃない）

込み上げてきた苦いものは呑み込んで、なかったことにした。

私は大丈夫。こうして彼と同じ、何もかもすっかり忘れてしまった顔をして、落ち着いて対応できる。

「フロント担当の金沢です」

「金沢さん。入館申請の書類をください。抜き打ちでも必要な手続きは踏まないとね」

有馬の言葉を聞き終わるか終わらないうちに、紬は書類をラックから取ってきた。

「どうぞこちらにご記入ください」

手早く彼の手元の書きやすい位置に置く。

「ご存じかもしれませんがお部屋の広さや間取りはそれぞれ異なりますので、こちらの案内を参考にお選びいただき、あわせてご記入ください」

ボールペンとともに必要なパンフレットも広げて添えた。

「なるほど動きに無駄がありませんね。仕事への熱意を買われただけではない、あなたがチーフ職を任されている理由がよくわかりました」

本気で評価してくれているのか、それとも挨拶がわりの社交辞令なのか何なのか。わからないまま紬はこっそり深呼吸して、彼を眺めた。

（私はあなたのことは忘れてないけど、ただ覚えてるってだけ。何の問題もないわ。ごらんの通り仕事に支障はないし、なんなら書いているあなたをじっくり観察する余裕だってあるんだから）

やはり紬が最後に見た壇上の彼とは、大分違う雰囲気をまとっていた。一人称が私になっただけでも印象は大きく変わるが、高校生当時、一部の女子から敬遠されていた軽薄さはすっかり拭い去られ、むしろ二十五歳という若さには不釣り合いな貫禄（かんろく）のようなものすら感じられる。入社式の時は次期経営者の肩書がいかにも荷が勝ち過ぎる様子だったが、今の有馬にならグループの明るい未来を期待する社員も多いに違いない。

紬は改めて、有馬にスーツが似合うようになった理由に納得していた。仕事をする時のユニホームでしかなかったそれを、厳しいビジネス界を生き抜くための戦闘服へ。有馬は実力で進化させたのだ。

「金沢さん。今日は早番ですよね」

紬は渡された書類を受け取ると、すぐさま記入洩（も）れがないか目を通した。

「午後二時までですか」

「はい」

朝六時から夜十時までのフロント業務は、三交替制だった。

「では、仕事が終わったら私の部屋まで来てください」

(えっ？)

驚いた紬が書類を手に固まっているうちに、

「では、よろしく」

有馬はさっさと行ってしまった。

(彼の部屋にって、どういうこと？)

さっきまでのやりとりで何かとんでもない失敗でもしてしまったかと、紬は焦(あせ)った。だが、思い返してみてもまるで見当がつかない。就業時間中ならまだしも、仕事が終わったあとなのだ。プライベートということにならないだろうか。自分が誰かも忘れてしまった有馬に、いったいどんな用事があるというのだろう？


腕時計は午後二時を少し回っている。紬はゲストルームの入った別館の廊下を、有馬の元へと向かっていた。

（私の方がよほど昔と変わったのかなあ。有馬君には誰だか思い出せないぐらいに）

高校生の頃と違ってメイクはしているが、顔だちが違って見えるほど濃くはないし、少々のコンプレックスを抱えているのっぺり体型も、残念ながら十代の頃とさして変わっていない。

（でも髪は……）

紬は思わず頭に手をやっていた。胸にかかるセミロングはあの頃とはずいぶん長さが違うし、髪色も違う。入社した当時、教育係だった女子社員にアドバイスをもらって、対外的に印象が良いという淡く栗色がかった軽めの色に染めていた。

（彼、髪にこだわりがある人だったから、あまりに違っちゃって別人に見えたんだろうか？）

いやいや、とんだ思い上がりだ。

紬は苦笑した。紬が変わっていようがいまいが、有馬はきっと思い出せなかっただろう。それは彼にとっての金沢紬が、七年もの間覚えているほど印象深い相手でも、大切な相手でもないからだ。


『そこまで本気じゃなかったってことか』

縁切り様で別れた時の有馬の、怖いぐらいに静かな声が、まだありありと耳の奥に残っていた。

紬がふる形での別れは、ひょっとしたら有馬を傷つけたかもしれない。この七年、紬は心のどこかでずっと気にかけていた。有馬が本当は自分を好きだったから——という意味合いではない。女性との交際において彼自身も認めていたプライドの高さゆえ、嫌な気持ちにさせたのではないか。一方的な想いを押しつけとんでもない頼みをきいてもらったのに申し訳ないと、紬には自分を責める気持ちがあったのだ。だが、

（本当に思い上がってた）

紬は恥ずかしさに頬を熱くした。

（私は声を聞いただけで有馬君だとわかったのに、彼は私の顔を見ても思い出せもしなかった）

紬は現実を突き付けられ、再び込み上げてきた苦くひりひりしたものを慌てて呑み込んだ。

（むしろ忘れられててよかったよ。グイグイ迫って期間限定の彼女にしてもらうなんて、痛い奴だよね。私にとっては、なんなら黒歴史みたいなものなんだもの。再会を期待してたわけでもないんだし）

紬は大きく頷く。

「失礼します。金沢です」

有馬の部屋の扉をノックする頃にはもう、紬は胸で揺らぐ感情も何もかも、無理やり心の奥に押し込め蓋をしてしまっていた。

「私は明日からしばらくの間、センターに通う予定です」

紬を部屋に招き入れた有馬は窓辺に寄ると、

「その間、金沢さんには私のバトラーをお願いします」

言葉とともにこちらを振り返った。すでに決定した事項を伝える口調に、紬は断るチャンスは残されていないと知った。

この部屋で彼の口からどんな話が出ようとも、たとえまた気持ちを揺らされることがあったとしても、できる限り表には出さず落ち着いて対応しようと決めていた。それが、なんの心の準備もないまま放り込まれたこの混乱を乗り切る唯一の手段に思えたからだ。

「センターに通われるとのことですが、館内を見て回られてやはり何か問題があったからでしょうか？」

「見回った限りでは特に気にかかった点はありませんでした。ですが、これをもって問題がないとは言い切れません」

他社にない多目的かつリッチな厚生施設の建設を提案したのは、有馬だという。就活市場で優秀な人材を確保するための有効な切り札になると、当時はまだ学生だった立場から父親に進言したのだ。

「オープンして一年、センターで仕事をしているスタッフたちが何を感じているのか。改善すべき点はあるのか。新しく挑戦してみる課題はあるのか。聞き取りの場を設ける一方で、できれば仲間うちだけで交わされる愚痴や文句の類も集めたい。それには助手がいる」

「その役目を私に、ですか？」

「周りに変に勘繰られたり警戒されたりするのは困りますから、肩書は私のバトラーということに。あなたの上司には承諾を得ています。もちろん、肩書はお飾りではありません。能力の高いあなたには、バトラーとしての仕事ぶりにも期待しています」

バトラーとは、ホテル用語でお客様専属の客室係のことだ。頼めば日常のあらゆる雑事を担ってくれるだけでなく買い物に同行したりスポーツの相手もしてくれる。以前、センターを訪れたゲストのなかにバトラーサービスを希望した人間がいたため、リクエストがあれば応える決まりになっていた。

「明日から部屋はBタイプでのキープをお願いします。必要に応じて宿泊もしますので」

今いる部屋はミニオフィス仕様で、ちょっとした会議もできる作りになっている。これにベッドルームが付いたのかBタイプだ。

今日から当たり前のように有馬と顔を合わせるようになるのか。紬の胸がざわりと波立った。しかし、逃げることはできない。

「何か質問はありますか？」

「いえ……」

「なぜあなたに白羽の矢が立ったのか知りたいですか？」

「え？　――はい」

素直に頷いてしまい、紬は失敗したと思った。気になっていても掘り返さない方がいい場所に、うっかり踏み込んでしまった。

「この施設に詳しい人間が適任と考えたからです」

有馬が背にした大きな窓は、午後の陽差(ひざ)しに明るく塗り潰されていた。光に滲んだその表情がはっきりわかるようになったのは、彼との距離がいきなり縮まったからだ。

「今のは公(おおやけ)の理由です」

有馬は紬のすぐ目の前に立っていた。

「プライベートの理由もあります」

「プライベート?」

「あなたとの間に二人だけの秘密を持ちたかったからです。秘密とは、私たちを繋ぐちょっとやそっとでは切れない鎖みたいなものでしょう?」

自分の心を揺さぶる何かを彼が口にする予感に、紬は怯(おび)えた。動揺を隠そうと、あえてこちらから尋ねる。

「どういう意味でしょうか?」

有馬が紬の腰に手を回した。ゆっくりと引き寄せる動作は、紬の反応を楽しんでいるようだ。どうすればいいのかわからなくなり彼を見つめ返すしかできない紬の態度は、だが、有馬の目には冷静に状況を受け止めているように映っているだろう。

(ああ……駄目……)

静かに唇を重ねられた時、紬の閉じた瞼の裏で高校生だった有馬の笑顔が弾けた。

何度も角度を変えてついばまれるたび、とっくにもう薄れてしまったと決めつけていた記憶がみるみるくっきり浮き上がってくる。日記のページが次から次へと繙かれる。幸せだったあの七日間に満ちていた色や光や匂いが溢れて、紬を包んだ。

(……有馬君……お願い、やめて)

紬は飽きずに重ねられる唇を、抵抗するどころか進んで受け入れていた。心の声とは裏腹にあの頃の……、十八歳だった自分が初めて知った有馬のキスの優しさを探そうと、夢中になっていた。

「……ん」

耳に届く自分の甘く切なげな声が、紬を頭の芯まで熱くした。

時に柔らかく、時に強く吸われる唇の陰で、舌が触れ合う。有馬の舌は傍若無人に紬の舌に絡みつき、逃げるのを許さない。二人きりの部屋のなか、貪りあうキスの濡れた音が響いている。

「手酷くふった男が自分を忘れてくれていて、安心しましたか?」

有馬はキスが終わった後も紬を離さなかった。紬を抱いた彼の両腕が、さらに強く自分の方へと引き寄せた。

紬の瞳を覗き込み、有馬は微笑んだ。

「俺がほんとにお前のこと忘れちゃったと思ってた、紬ちゃん?」

どこか意地悪そうな、でも楽しげな笑顔が浮かんだとたん、有馬のまとった雰囲気がくるんと変わった。紬の知っている高校時代の有馬一樹が顔を覗かせた。

「俺をふった女のことを忘れるわけがないだろ？」

紬の耳に口づけ、囁く。

「俺はまた会いたいと思ってた」

再会して初めてのキスは、蕩(とろ)けるほどの大人の味がした。七年ぶりに彼が向けてくる微笑みにも、あの頃にはなかった大人の色気が滲んでいる。女を腕のなかへと誘い込み、女自ら身体を投げ与えたくなるような自信に満ちた微笑みだ。


「もしまた紬に会えたら、復讐しようと思ってた」


優しく囁きかける声音にふさわしくない復讐の二文字に、紬の胸は震えた。

やはり有馬は怒っていたのだ。プライドを傷つけられたことを、何年もの時が経った今も怒っている。女性に粗末にされたり適当にあしらわれたりしたことがないであろう彼の抱いた怒りは、わがままで傲慢なものかもしれない。だが、紬が有馬を傷つけた事実は変わらない。奇跡でしかなかった七日間、紬は彼が好きだと言葉で、態度で伝え続けていたのだ。最後の最後でペンダントを突き返され、

理不尽に感じるのは当然だった。

「何をするつもり?」

「今度こそ紬のすべてを奪ってやる」

絡まりあった二人の視線は、動かない。

「奪いつくして……」

「奪いつくして……、捨てるの?」

瞬(まばた)きも忘れたように紬を見つめ続ける有馬の強い眼差しが、答えだった。

(有馬君は本気だ)

有馬の宣言は、紬をいきなり断崖の際へと追いつめた。なぜなら彼とキスを交わしている時、頭のなかで大きく弾けたひとつの思いがあったからだった。

たった七日間でもいい。あなたの彼女にどうしてもなりたかったあの頃の想いを、私は少しも失ってはいない。

あなたとの記憶が懐かしいだけの思い出に変わってなどいないの?

『奪いつくして……、捨てるの?』

紬は自分で自分の言葉に震えていた。

（あなたと再会する前にもう戻れないなら、どんなに心を乱されてもなんでもないような顔をしなければ！）

紬はとっさにそう強く思った。

絡まりあった視線を先に解いたのは、紬だった。彼の腕に手をかけ、ゆっくりと離れた。

「そう簡単にはいかないわよ」

再び抱き寄せようとした有馬の手が止まった。

「返り討ちにしちゃうかも」

見つめる有馬の目が、ふっと大きくなる。やがて有馬は紬の髪に触れた。

「勇ましいのは紬らしいな」

あの頃とはまるで変わってしまった髪を、でも、彼は撫でてくれた。紬の記憶のなかにあるのと少しも変わらない、思わず瞼を閉じたくなるような優しい指だった。

「俺たちが高校生だった頃も、紬は俺よりずっと大人だったんだ。さっきみたいなキスができるほど本物の大人の女になった今では、なんでもゲームにしてしまえる。……そうだろ？」

なんと答えたところでもう元に戻ることのできない紬は、ただ黙って彼の指の優しさを感じていた。

その夜、夕食もとらずに早々と寝床に逃げ込んだ紬は、疲れ切っていた。どんなに振り払っても、再会した有馬は頭のなかから出て行ってくれない。思いがけない彼からのアプローチに右往左往している紬の混乱ぶりを楽しみたいとでもいうように、居座り続けている。

「……もういいや……」

紬はとうとう白旗をあげた。こうなったら記憶のなかで彼が暴れるにまかせるしかなかった。

紬は目を閉じ、身体の力を抜いた。有馬と再会してから、自分で感じている以上に気を張っていたのだろう。手足が指の先までゆるりと伸びていく感覚があった。

「俺がほんとにお前のこと忘れちゃったと思ってた、紬ちゃん?」

「俺をふった女のことを忘れるわけがないだろ?」

「俺はまた会いたいと思ってた」

自分の名前を呼ぶ声が。強く抱きしめてきた腕が。

たった数時間の間に彼の残したものが、紬を捕らえて離さない。

(有馬君……)

髪を撫でてくれた彼の手の優しさが、蘇ってくる。キスされた記憶よりも鮮やかに息を吹き返す。

紬はシーツの上に広がった髪を、彼の真似をし、そっと撫でた。

「大丈夫だよ。怖くなったら言って。怖くなくなるまでこうやって抱きしめててやる」

あれは忘れもしない、有馬と初めての体験をした時のこと。どれだけ覚悟を固めても緊張で身体を強張（こわば）らせてしまう紬を、有馬はそう言って抱きしめ、落ち着くまで髪を撫でてくれたのだった。

（二度と会えると思ってなかったのに……）

有馬との思い出に浸っている紬を、あの時味わったのと同じ、温かな安心感が包み込む。今夜は到底訪れそうにないとあきらめていた睡魔が少しずつ、時の流れを遡っては紬を曳（ひ）いていく。

有馬の彼女でいられた大切な七日間。心に秘めた日記にも書き切れないほど彼への想いがいっぱいに詰め込まれた六日目の、初体験の日の記憶へと紬の心はかえっていく――。

「大丈夫だよ。怖くなったら言って。怖くなくなるまでこうやって抱きしめててやる」
聞きようによっては砂を吐きそうに甘くてキザな台詞もサラリと口にしてしまえるところが、いかにも有馬らしかった。でも、その台詞（ことば）にこめられた思いが決して軽くはないことは、触れてくる彼の指から伝わった。

有馬の一家が以前住んでいた、現在はセカンドハウスとして使っているという別宅だった。彼がテスト明けによく昼寝をしにくるベッドで、紬は彼の腕のなかにいた。彼と素肌を重ねていた。どちらの胸にもふたつでひとつのペンダントがあった。

誰もいない広い家のなかは、まるでどこか深い森のなかに迷い込みでもしたように静かだった。聞こえるのは、抱き合う二人のたてる秘密めいた微かな音だけ。

（気持ちいい……）

有馬は紬の髪を撫でていた。紬の様子を気にかけるゆっくりとした動作で。彼が自分を大事に扱おうとしてくれているのが伝わり、紬は嬉しかった。

（こういう時も優しいんだね）

紬が勇気をふるって前へ進まなければ、知ることのできなかった優しさだった。

「怖くない？」

「……うん」

紬が頷くのを確かめてから、有馬は始まりのキスをした。

「……ん」

今までしたキスとはまるで違った。重ねられる唇の深さも、遠慮がちではあったがすぐに触れてきた舌先も。そうやってなかなか解放してもらえず、息がうまく継げない苦しさも紬が初めて味わうものだった。

「紬……っ」

名前を呼ぶ声に余裕がないのは、彼もキスに夢中になっているからかもしれない。それとも早く先へと進みたくて、急いているからだろうか。経験のない紬には感じとることはできないけれど、有馬が全身で自分を求めていることを思えば、すべては夢のようだった。

そう……その日、紬が経験したすべては、本当に夢のなかの出来事のようだった。甘く切なくふわふわとした気持ちに埋もれて、記憶はところどころ途切れている。それでも思い出のピースを集めれば、紬はいつでも幸せな気分に浸ることができた。


紬は覚えている。とても優しかった有馬のことを。

小学生の頃、電柱とからかわれた身体に女としての魅力が足りないと思っていた紬に、「どうして？綺麗なのに。そんなの少し触っただけでわかるよ」と言ってくれた。

「魅力があるからもっと触りたいって思うんだ。俺は大きいおっぱいよりも、俺のことうんと感じてくれる紬のおっぱいの方が好き」

悪戯げに囁いた唇が、嬉しくて浮かんだ紬の目尻の涙をそっと拭ってくれた。

紬には何ひとつ言わせずすべてを察してくれた有馬は、初めての紬の不安を少しでも軽くしたいと、気遣う言葉をいつも探していた。

紬は忘れられない。飾らない態度で、素直な言葉で、自分を求める気持ちをぶつけてくれた彼を。

「やばい。すげぇ興奮してきた」

我慢できずにうっかり零（こぼ）してしまったのだろう呟きを、紬は覚えている。「ブレーキ利かないかも」と、申し訳なさそうだった囁き声も、乱れて弾（はず）んだ彼の息も……。

紬に触れる手をふと止め「ごめん」と謝られた時は、照れ臭そうに視線を逸らす彼の横顔を初めて見た。

「どうして謝るの？」

「ガツガツしてて、かっこ悪いと思って」

「ガツガツって……」

「野蛮な意味じゃないよ。それだけ紬が欲しいってこと」

「……うん。ありがとう。私もね……。私もきっと同じ。すごくガツガツしてる。だから、ちっともかっこ悪くないよ」


忘れたいのに忘れられない記憶もあった。

「紬は恥ずかしがるけど、恥ずかしいのもだんだん気持ちよくなるんだって知ってる？」

有馬はすでに女性との経験があるのかもしれない。そう感じた瞬間の記憶だ。

相手は美和ちゃんに聞いた年上の女だろうか？　それとも自分の知らないほかの誰かだろうか？

彼の上にどうしても会ったこともないその女性の影を重ねてしまい、心臓のあたりがツンと引き攣れた。

たちまち膨れ上がって紬の心を塗り潰したのは、嫉妬。いったいどこにぶつければいいのか、どうすることもできない紬は有馬に縋った。自分から彼を抱き寄せ、その胸に顔を埋めて強く抱きしめた。

（有馬君には好きな人がいるのかもしれない）

それでも、初めての相手は彼以外考えられなかった。

早く彼のものになりたかった。

好きな人とひとつになった感覚に浸りたかった。

「本当に？　本当に俺でいいの？」

今更止まれないと顔に書いてあるくせに、聞いてくれる有馬が好きだった。

「有馬君がいい」

「紬……」

紬もはっきり言葉にして、彼を求めた。

「有馬君じゃなきゃ嫌だ」と。

（あなたといると、どうしてこんなに嬉しくなるんだろう？）

その答えを紬は有馬の腕の中で見つけていた。

（あなたが何度でも教えてくれるからだね）

たった七日間の契約だけれど、有馬が本当に本物の紬の恋人でいたいと思ってくれていることを、彼が見つめる眼差しで、触れてくれる指先で教えてくれるから、そのたびに紬は嬉しくなるのだ。

彼の首で銀色のチェーンが揺れている。

乳房の上で、紬のチェーンも揺れている。

ペアのペンダントは彼と過ごした夢のような日々の象徴のようで、紬は思わず有馬の三日月に手を伸ばしていた。

群青色の月に指が触れたと思ったところで、紬はハッと目を開けた。
（私、いつの間にか眠って……？）
キスまで奪われた、熱に浮かされたような有馬との再会がノッカーとなって、二度と開けまいと誓っていた扉が開いてしまった。閉じこめていた記憶が一気に溢れだしたのだ。
紬は握りしめていた手を開いた。じっと見つめる。当然、三日月はない。有馬に返してしまった紬の満月も、今はもう彼の手元にはないだろう。

「……え？」

紬は自分の目に滲む涙に気づいて、慌てて枕に顔を押し当てた。

（忘れてなんかないじゃない！）

溢れだした記憶がその強い力で、紬が心の奥底で殺してきた想いを暴いてしまっていた。

（私は今も七年前と変わらずあの人が好きなんだ！）

ペンダントは返したけれど、有馬に恋する気持ちは返せなかった。捨てられなかった。紬はずっと見えないふりをしてきた現実を、まざまざと突き付けられている。

有馬は言った。紬に復讐したかったと。紬のすべてを奪いつくして、今度は自分が捨ててやると。

（もし……。今よりももっと、身も心も奪いつくされるほど彼を愛してしまったら？　そうして目の前からあの人が消えてしまったら？　二度と手の届かないところへいってしまったら、私はどうなるの？）

紬はまだ濡れている瞳を開いた。

ショックのあまり心を砕かれ、何も手につかなくなるのだろうか。この七年がそうだったように、彼への想いを捨てたつもりで断ち切れず、それどころか日々募らせて、一生彼以外の誰も愛せなくなるかもしれない。

そうなる未来をあまりにも簡単に思い描けたことに、紬はぞっとした。

「もう一度見えないふりをするしかないじゃない」

涙を乱暴に拭うと、紬は自分に言い聞かせた。

「こんな私の想いは、彼も、私自身も幸せにしないんだから」

たとえ奪いつくされても、なにも奪われていないように振る舞わなければ。そうやって去っていく彼をポーズだけでも平気な顔をして見送れたなら、ぞっとするほど悲惨な結末は迎えずにすむかもしれない。

第三章　ゲームの行方は甘く切なく

有馬と思いがけない再会を果たして十日あまりが過ぎた。

紬はその日も朝起きたら一番に冷たい水のシャワーを浴びた。次にヘアメイク。しっかり時間をかけることで、一〇〇パーセント仕事モードに切り替える。そうして今まで縁のなかったエナジードリンクでエネルギーを充填するところまでが、紬にとっての謂わば出陣の儀式だ。有馬に何を言われようとも逃げずに渡り合う、クール女子の鎧をまとうための――。

「今日は午後いっぱいセンターで仕事をした後、宿泊の予定です。夕食も部屋でとります」

有馬からは午前中に連絡が入っていた。紬は夕方遅くに報告と打ち合わせを兼ね、オフィス代わりの彼の部屋に呼ばれている。

新年度がスタートしたばかりというタイミングもあるのだろう。有馬は本来の仕事が忙しく、本人が通うと宣言したほどにはセンターに足を運んでいなかった。来館してもゲストルームのデスクに座るのは、長くて三、四時間。今まで泊まったことはなかった。

もちろんその間、紬がするべき作業の指示はあった。

オープンして一年。センターで働く人間から改善すべき課題や新しい提案など、生の声を集めたいという有馬のサポートをするのが紬の仕事だった。たとえば話を聞くスタッフの人選をしたり、彼らと有馬の面会の予定を組んだり。有馬の判断で聞き取りの場に紬が同席することもあった。

そうやって得た情報を有馬が本社の会議に諮るため、報告書にまとめるのも紬の役目だった。今はそれらと平行して、センターを利用したグループ会社社員への大規模アンケートの準備をしている。

(――?)

午後五時を回っていた。館内に設けられたフードコートでは、すでに夕食の提供がはじまっている時刻だった。別館のエレベーターを五階で降り、有馬の元へと向かっていた紬はふと足を止めた。

(なんだろう?)

今来た廊下を振り返る。ついさっき、ほんの一瞬、なにやらおかしな感じがしたのだ。紬は首をかしげる。特に目につくものはなかった。あたりをぐるりと見回すが、臙脂(えんじ)の絨毯(じゅうたん)の敷かれた通路に動く人影もない。

きっと気のせいだろう。正体不明の微かな違和感は、有馬の部屋の前に立った時には、頭のなかから追いやられていた。

紬はノックをする前に深呼吸をした。クールの鎧を気合いを入れて整える。

紬は警戒していた。有馬が復讐の二文字を口にしてから今日まで、仕事に関わること以外でまだ何も言われていなかったし、何かをされてもいなかった。それがかえって紬を身構えさせた。

一度強く握りしめた拳で扉を叩(たた)く。紬は先が読めないなりに、覚悟はしていた。それでもこの時は、まさかあんな無茶な提案を突き付けられるとは夢にも思っていなかった。

「金沢さん、私たちセフレになりませんか？」

仕事の話が終わった後、テーブルを挟んで向かいに座った有馬が表情も変えずに言った。口調も打ち合わせをしていた時と変わらない真面目なものだったので、紬は一瞬ポカンとし、たった今耳にしたとんでもない台詞には何か別の意味でもあるのかと考えてしまった。

「高校の時は、一週間彼女にしてほしいというあなたの願いを私はきいてあげました。今度はあなたが私の希望をかなえてください」

やはり隠された意味などあるわけもなく、有馬は台詞そのままの関係を望んでいる。

「まさか、ハイと答えるわけないでしょう」

「なぜ？」

どうやら有馬に引く気はまるでないらしい。

「あなたは私の復讐を受けて立ったのだから、逃げるのはずるいですね。あの頃みたいに気軽に楽しむべきです」

（気軽に……？）

「返り討ちにするんでしょう？　あなたの方が先に私を虜（とりこ）にするつもりなのでしょう？　それこそ身

体からはじまった相手に心まで奪われるのは、大人のゲームにはよくある展開ですが」

気軽にとか、ゲームとか。再会してからの有馬が二人の過去に触れる時、そんなどこかいい加減なニュアンスを含む言葉を口にするのが紬には引っかかった。

(私が遊び半分の軽い気持ちであの七日間を過ごしたと、本気で思ってるの?)

だから余計に彼のプライドは傷ついたのだろうか? 七年もの間、復讐したいと願い続けるほどに。

紬は楽しかった彼氏彼女の日々に思いを馳せる。二人でいる間中、絶えることのなかった有馬の笑顔が蘇って、そんなことはない、有馬君は真剣な私の想いを受け止めてくれたからこそ期限付きでも恋人にしてくれたんじゃないかと、自分を叱った。再会後の二人の関係がどうであれ、それを疑う気持ちは紬にはなかった。

「返事を」

「お忘れですか? 昨日、そう簡単には口説かれないとお答えしました」

有馬は形の良い唇の端を小さくあげた。悪戯げな笑みに、束の間、会社ではなぜか表に出さない素の顔が覗く。

「覚えていますよ。ですから、実はちょっとしたルールを考えてきました」

「ルール?」

「今、このセンターで起こっている問題の解決に何かひとつでも良い働きをしてくれたら、今夜はあなたの勝ち。私はベッドに誘うのをあきらめます。でも、それができなければ私が勝者。あなたから私の手を取ってください」

紬はえっ？　と心のなかで声をあげ、有馬を見つめた。セフレに続いてまたもやびっくりすることを言い出した有馬は、相変わらず平然としている。

「どうですか？」

「どうですかって……。問題解決のお手伝いをするのは、助手としての私の仕事ですよね。それをプライベートと絡めることこそ、どうなんでしょう」

「その方がわくわくしませんか？　逃げられない緊張感がある」

有馬のこの顔は、もうすでに勝者の顔だ。自分が絶対に勝つ自信があるのだ。

（どうしよう！）

紬の気持ちなど無視して、有馬のいうゲームは進んでいく。紬が気がついた時にはとんでもないステージに乗せられている。紬は辛うじて表情だけは有馬に対抗できるだけの冷静さを保っているが、内心は右往左往していた。頭を抱えてしゃがみ込んでいた。

（ゲームは今夜で終わりじゃない。これからはじまるんだ。どうしたら……）

紬に勝算などなかった。

どんなに心を乱されても、なんでもないような顔をしなければ。奪いつくされても、なにも奪われていないように振る舞わなければ――。

そう決心したのは、二度と立ち直れなくなる悲惨な結末を回避するためだった。去っていく彼をポーズだけでも平気な顔をして見送る日が紬にとってのゴールなのに、果して辿りつけるだろうか。

「その顔は、勝つのは私よって顔ですね」

「は？」

（いやいやいや、なんでなの？　どこがですか！）

紬のクールフェイス（偽）を勝手にＯＫの返事と解釈した有馬は、『今、このセンターで起こっている問題』について話しはじめた。紬にとってはまったくの初耳の、職場の噂話でも耳にしたことのなかった盗難事件について――。

「どうして警察に届けないんですか？」

誰もが真っ先にするだろう質問を、紬もした。そもそもセンターを抜き打ちチェックしに来た時には、問題は何もないと言っていたのではなかったか？　紬は怪訝に思ったが、スタートしてしまったゲームを降りる理由にはなりそうにない。

「マスコミで騒がれるような大問題になる前に、社内で処理したかったからです」

有馬は答えた。彼の考えではなく社の方針だという。

「というのも、盗まれる品物は食堂の食器、娯楽室のクッション、宿泊室のタオルなど、高価なものはひとつもないんです。しかも、数日経てばもとの場所に戻されている」

「戻ってくるんですか？」

そのせいで、盗まれたとは気づかれないままだったケースもあるという。会社側が内密に収めたいと考える理由が、紬にも何となく理解できた。

「愉快犯の一種でしょうね。本人が楽しんでいるフシがある」

「なぜそんなことをするんでしょう」

「たちの悪いストレス解消法かもしれませんね。そもそもこの施設の利用者には、心身に何かしらの問題を抱えた人間も少なくないわけだし」

グループ社員のなかに犯人がいるということだろうか？

「今までは無言で犯行に及んでいたんです。ところが今回は図に乗って、ルパンばりに予告状を送りつけてきた」

「予告状⁈」

「それも、大切なものをいただきましたの一文だけが書かれたふざけたものです。ヒントはここ別館のなかにあったものとしか」

「何を盗まれたかわからないってことですか？」

紬は有馬が頷くのを見るより先に、ピンとくるものがあった。

「もしかしたら私、盗まれたものが何かわかっちゃったかも！」

「えぇ？」

有馬はポカンと口を開けた。今のクール&完璧上司の顔には不似合いな表情を浮かべている。

「もう？　推理する暇ありました？」

紬は驚いている有馬を手招き、二人で部屋を出た。エレベーターホールに続く廊下を数メートル戻ったところで足を止めた。ついさっきここを通って有馬の部屋に来た時、ふと覚えた違和感の正体に気がついたのだ。

センター内には何十点もの絵画や写真が飾ってある。社員から募った作品を展示したものだ。製作者の希望によって名前を掲示したものもあれば、作品の片隅にイニシャルで入っているものもあり、あえて誰が創ったのか伏せているものもあった。

そのうちの一点が——それは海を写した写真だったが——同じく海辺を被写体にしたものではあるが、まったく別の作品に変わっていたのだ。

「よく気がつきましたね」

驚きの表情がまだ消えていない有馬は、

「犯人はわからないけれど、盗まれた写真がどこにあるかは見当がつくかもしれません」

そう続けた紬にまた目を大きくした。

社員に提供してもらった作品には、額縁やプレートの裏に通し番号がふってある。管理資料と照らし合わせれば、センター内のどこに何が飾られているかわかる仕組みだ。紬が壁から外した写真を調べてみると、番号はちゃんとあった。ということは、この写真もまた館内の展示物ということだ。

「二点の展示場所を交換しただけじゃないのかな。単純な方法だけど、一番見つかりにくい気がします」

実際、盗まれたと思った写真は、本館の最上階の壁にあった。紬の推理通り、本館と別館、それぞれに飾られた作品同士を交換しただけだったのだ。紬の手により二点は正しい場所に掛けられた。

「本当によく気がつきましたね」

有馬は少し大げさに感じるぐらい感心している。眩しいものを見るような目で紬を見ている。有馬に促され部屋に戻った紬は、再び彼と二人きりになった。

「私、もともとこっちの廊下に飾られてた写真が好きなんですよ。だから、なくなってるのに気がついたんです」

「好き?」

そんなにも意外な理由だっただろうか。有馬は驚きを通り越し、どこか唖然としている。再会してからの彼が、ここまで感情をはっきり表に出すのは珍しかった。

「撮影者の名前もサインもありませんが、たぶん同じ人がシャッターを切ったのだろう作品が、ほかにも二点あるのも知っています。それぐらいファンだから、すり替えられたことに気づけたんです」

「ファン……ですか」

「ええ。光の取り入れ方が独特で。自分が行く先の未来から差してくる明かりのようで、眺めているとなんだか励まされるんです」

　静かに落ちてきた沈黙は、決して居心地の悪いものではなかった。張りつめていた空気が少しだけ和らいだ気がした。

「盗まれたのが私のお気に入りの写真だと知った時に、正直、ゲームのことはどこかへいってしまいました。とにかく取り戻したい一心で、無い脳味噌（のうみそ）をフル回転させました。まぐれに決まってますが、見つけられてよかったです」

「そこまでファンでいてくれて、撮影者も幸せだと思いますよ」

　有馬の口元に淡い笑みが上る。有馬はここにはいない、誰かはわからないその撮影者の代わりに喜んでいるように見えた。

「しかし、予想外でした。絶対私の勝ちだと思っていたのに」

「え？　犯人はまだわかってないですよね？」

　紬は自分に課された問題解決の手伝いとは、盗難事件の犯人を見つけることだと思っていた。

「盗まれたものが何かもわかってなかったんですよ。一足飛びに犯人を見つけてくださいというのは、さすがに無茶ぶりが過ぎます」

「じゃあ……？」

「私は予告状にあった大切なものが何かを探す手伝いを、あなたに期待していました。ところがあなたはそれを探し当てただけでなく、取り戻してしまった。犯人を見つけるのと変わらない働きをしてくれたのです」

「じゃあ、このゲームは私の勝ちですか？」

「ええ、あなたの勝ちです」

紬は拍子抜けした。名推理による解決とはまるで別物の、偶然がもたらしてくれた幸運な結末だったが、最初の関門は何とか切り抜けたと思った。

が――。

（有馬君？）

有馬は紬を見つめている。少しも悔しそうでも残念そうでもなかった。それどころかなぜか嬉しそうだ。せっかくひと息つけたところだったのに、紬の肩にまた力が入った。

「金沢さんには申し訳ないですが、あなたが手強い相手とわかってますます復讐心を煽られました」

「……そんな……」

「私も戦い方を変えないと……」

窓の外にはもう、ビルの明かりを滲ませ夜の色が広がっている。すでに二人の時間は、上司と部下の時間を離れていた。この部屋も、邪魔する者が誰もいないプライベートな空間へと姿を変えている。

紬は有馬が窓のカーテンを引くのを、ただ見ていた。夜の景色が消し去られると、閉ざされた世界に二人きりになる。

有馬が紬の前までやってきた。王子様がお姫様にするように、優雅に礼儀正しく紬の手を取った。

彼は紬を見つめて跪く。

どうしても紬のすべてを奪いたい、奪ってやると、微笑みの浮かんだ唇が語っている。

「どうしてほしいですか？」

「……え？」

「負けたのは私です。言ったでしょう？　負けた方が勝った方の言うことを聞くと」

紬がとっさに引こうとした手を、有馬は逃がさなかった。強く握られ甲にキスされる。

（ああ……）

紬は自分の心が昨日キスを交わした時と同じ、熱い吐息を洩らすのを聞いた。

夢のなかでは思い出の彼しか抱きしめられなかったこの手が、有馬に触れている。ペンダントが欲しくて伸ばしたのに届かなかった手に、本物の彼が口づけている。

立ち上がった有馬が、黙ってと紬の唇に指を当てた。

「答えなくてもあなたを見ていればわかります。伝わりました」

紬は羞恥で頬を熱くした。いったい自分はどんな顔をしているというのか。

有馬はきっと見つけてしまったに違いない。自分の問いかけに紬の心が動いたことに気づいた彼は、紬がどうしてほしいと思っているのか。紬の願いを見つけてしまった。


夢のなかのあなたではいや。

本物のあなたにもっと触れてほしい。

奇跡みたいに再び会えたあなたを、もっともっと感じたい。


「わかっています。私は何もしない」

有馬が囁いた。

「私はあなたを気持ちよくするだけです」

囁きの続きとともに落ちてきたキスを、紬は薄く開いた唇に迎えていた。


有馬の腕に囚われた紬は、彼のベッドへと連れ去られた。オフィスとして使っている部屋の続きにある寝室に、明かりは点いていなかった。隣室から差し込む光もほとんど届かないシーツの上は、間近でなければ互いの表情がぼんやりとしかわからない。

最初、紬はその暗さがせめてもの救いだと思った。だが、スーツの上着を剥ぎ取られ、ブラウスの前を大きくまさぐられながら彼に抱きしめられた時、それが間違いだと知った。救いになるどころか視界を奪われた分、触れてくる有馬にもっと敏感になる。

「……ん」

首筋にかかる彼の息にすら、紬は少しもじっとしていられなかった。肩を震わせ、洩らした吐息までも震えてしまう。

「あ……ん」

彼が肩口を軽く噛むと、その痛みさえ紬の身体に心地よく響いた。

「そう……。そうやって楽しんでほしいな」

いつの間にかブラウスのボタンを半分外してしまった器用な指が、ためらうことなくブラジャーにかかった。

「楽しめば楽しめるだけ、あなたも次のゲームが待ち遠しくなる」

有馬は後ろのホックを外そうとはせず、カップごと上へと擦りあげた。すぐさま左の乳房を握られる。触り心地を確かめるように揉まれて、紬は項まで熱くした。

「私も楽しいですよ。こうして触っているだけで気持ちがいい」

有馬は紬の胸に、今度は指先だけで触れはじめた。豊かとは言えないが美しく均整の取れた膨らみを、裾野から上へとゆるりと指が滑っていく。

「……んぅ」

紬はまた堪えきれずに熱い息を吐いた。頂に辿り着いた指が、意地悪く乳首の周りにだけ触れている。丸く撫でたり根本を少しだけ押してみたり……。紬の喘ぎは止まらなくなった。薄闇のなか、やけに大きく聞こえる自分の声に紬は羞恥の塊になる。

「大丈夫。十分魅力的ですから。昔も教えたのに忘れてしまいましたか？」

有馬は今もまだ胸に秘かなコンプレックスを抱えた紬の気持ちを見透かしていた。

『ほんと、そんなに気にすることないから。紬の胸は綺麗だから』

『俺は大きいおっぱいより、俺のことうんと感じてくれる紬のおっぱいの方が好き』


高校生だった有馬の、照れ臭そうな声が耳元で蘇える。

突然、固く張りつめた先端を摘まれ、紬の背はシーツの上で波打った。乳首を指の腹で柔らかく押し潰される。

(気持ちい……)

紬の乳房は有馬が好きと言ってくれたあの頃よりももっと、彼の愛撫にどうしようもなく感じていた。

「もっと気持ちよくなって」

快感が身体のなかを駆け巡る堪らない感覚に、紬は何度も身を捩る。もどかしく両足でシーツを掻いているうち、スカートが大きく捲れ上がっていた。彼の手が剥き出しになった太腿に置かれた。思わず腰を引き、逃げかけた紬だったが、

「紬……」

あの頃のように名前で呼ばれると、抗う力が見る間に抜けていくのがわかった。

「……紬」

有馬が昔の有馬に重なる時、紬の心もいとも簡単にあの頃に還(かえ)る。夢のように幸せだった七日間の自分とひとつに重なる。

（有馬君……）

十八歳の二人が抱き合ったベッドの記憶が彼のなかに今も消えずにあるのだと、七年もの間、ひとつの思い出を共有してきたのだと知って喜びが湧きあがる。

「や……ぁ」

腿(もも)も腰も下腹も、有馬の撫(な)で回す場所はどこであろうと止めようもなく熱を帯びていく。膨らみ続ける快感を早くどうにかしたいもどかしさが、紬を追いつめる。

「色っぽいね、紬」

有馬は紬の肌の滑らかさを、ストッキングの手触りごと味わっていた。揃(そろ)えられた二本の指はとうとう太腿の内側まで忍び込み、足の付け根の際どいラインを行ったり来たりしていた。たぶんもうすぐ指はラインを外れ、紬の秘密の場所に潜り込んでくるだろう。

「今の紬は服を着ていても色っぽくて、ぞくぞくする」

そう言う有馬もネクタイを緩めただけだった。上着を脱ごうとしもしない彼に、紬も大人の男を感じてドキドキと胸を高鳴らせているのだ。

「……っ」

彼はストッキング越しに、ショーツに包まれた紬の秘花に触れた。とたんに短い震えが脇腹を這い上がってきた。

（ああ、もう……）

喘ぎを呑み込もうとしても、できない。無意識のうちに擦り合わせるようにしていた両腿の奥がぎゅっと熱くなった。

「達ってもいいですよ」

そこが蜜で濡れているのを、有馬も感じているのだろう。布越しにも秘花の合わせ目を探り当てた指は、意地悪いほどゆっくりとなぞっている。

「紬……」

有馬は紬を追いつめる一方で、キスで絶え間なく触れ、紬をあやしている。額に口づけた唇は、次にはこめかみへと移り、目元や頬にも留まる。時折、甘く溶けた息を零し続ける紬の唇に戻っては、そっと塞いだ。そうやって紬のなかにまだある緊張や、快感に流されることへの不安を、少しずつでも解きほぐそうとしてくれる。

（やっぱり有馬君だ）

再会した有馬は、確かに以前とは雰囲気がずいぶん違っていた。だが、ベッドの上で紬を気遣う優しさは少しも変わっていなかった。やはり中身は紬の恋した有馬君なのだ。

「紬……」

肩に広がる紬の髪に顔を埋めて、有馬は名前を呼んだ。愛されていると勘違いしてしまいそうな、甘く満たされた声で。高校生だった彼が好きだと言ってくれた髪へのキスは、思いもよらない悦(よろこ)びを紬にもたらした。触れられるたび、秘花の快感が膨らむ。

有馬が埋もれた花芽を押し潰した時、

「……んっ」

紬の腰は恥ずかしいほど跳ねていた。

「は……ぁ……」

頭のなかがチカチカする。押し寄せてきた快感の波にさらわれ、一瞬で昇りつめたのだ。それを知っていて、有馬の愛撫は止まらなかった。

「もっと声が聞きたい」

快感を増幅させるボタンとなった花芽を集中して攻められる。指先でくるくると撫で回されると、直に触れられているわけでもないのにうろたえるほど感じてしまう。

(また……!)

固く閉じた瞼の裏に、チカリと星が飛んだ。再び押し寄せてきた波は一度目よりもはるかに大きく、何かにつかまっていないと溺れてしまいそうだ。紬は有馬のスーツの背中を強く抱きしめていた。

「あ……、あ」

激しい波にくるまれ揺さぶられ、紬は高みへと打ち上げられて、膨らみきった快感が大きく弾けた。

（有馬くん……っ）

紬は昇りつめても有馬を離さなかった。縋りつくように抱きしめている。身体の芯に熱いものがもやもやとまとわりついていた。はしたない声をあげてしまったほど、気持ちがよかった。なのにどこか溺れきれないのは……。

彼とひとつになれなかったから。

最後まで満たされていないから。

有馬がこんなにも欲しいのは、今も彼を真実好きな証だった。自分が七年前と変わらず有馬に恋をしている現実を、こんな形で思い知らされるなんて。初めて味わう苦しさに胸を塞がれ、紬の瞼は熱くなる。

「有馬く……ん」

満たされないものを埋めたくて、彼の名前を甘えるように呼んでしまう。二人の身体が隙間なくひとつに重なるほど強く、彼を抱きしめてしまう。

「紬……」

紬の髪が、有馬のついた深い息に揺れた。

（有馬君も……）

紬も有馬の昂(たかぶ)る身体の証を感じている。たくましいものが、スラックスを窮屈そうに押し上げている。有馬を抱きしめる紬の腕に力がこもればこもるほど、密着した二人の間で彼の分身は押し潰された。

「敗者の私がこれ以上何もできないのを知っていて、誘惑するつもりですか」

有馬は自分を追いつめる紬の作戦だと思っている。

「そう簡単に思い通りにはさせないと言ってましたね」

紬にそんなつもりもなければ余裕もないのに、誘惑という名の攻撃に対抗するように、有馬は自ら分身を紬に押しつけた。いずれ必ずこの先に進む意志を誇示するように、ゆっくりと同じ動作を繰り返す。

「……っ」

彼はまた熱い息を吐き出した。

でも、それ以上は何もしない。

「ミイラ取りがミイラになったら笑えない」

彼が零した微かな呟きが、なぜそんなにも苦しげなのか。答えを探す冷静さはとっくに失われ、紬は切なく締めつけられる心と向き合うのに精いっぱいだった。

「あなたの名探偵ぶりに期待して、次回も失(う)せ物探しに協力をお願いします。私の大切なものです。

どうか取り戻すのに力を貸してください」

　部屋を出ようとした紬を、有馬が言葉とともに後ろから抱きしめてきた。

「もう次のゲームのお話ですか」

　紬は動揺を隠し、落ち着いた口調で返した。ベッドの上で恥ずかしい姿を晒(さら)したことなどすっかり忘れてしまったかのように振る舞う。

「また私があっさり勝っちゃうかもしれませんよ」

　紬は余裕たっぷりに応じたが、何が現実なのかはちゃんとわかっていた。ゲームに勝っても今夜のような時間を彼と過ごすのなら、負けも同じだ。紬はゲームをするたび彼に容赦なく奪われ、やがて何もかも奪いつくされるだろう。そして、ある日突然あっさりと背を向けられるのだ。有馬の完全勝利は確実だ。

「負け惜しみかもしれませんが、あなたをゲームを続ける気にさせられただけで今夜の私は満足しています。でも……」

　有馬は紬を強く抱き寄せた。

「次こそは勝って、あなたを私のものにします」

　自分の胸にすっぽりおさまった紬に、有馬は囁く。

「あなたの内(なか)を奥まで私でいっぱいにする」

　耳に吹き込まれた囁きは、紬を芯から熱くした。身体の奥の……、今夜は満たされていない場所が淫らに疼くのを、紬は止めることができない。

どちらも黙って互いの早い鼓動の音だけ聞いている。

紬はどんどん苦しくなる。心のなかで有馬への想いが暴れている。

（彼の言い分なんかはねつければいいのに……）

有間が勝手に言い出した、それこそ単なるゲームだ。彼に強制する権利もなければ、紬に応じる義務もない。引き返すことは十分できるはずだった。だが、紬は首を横にふれない。

（いっそあなたが酷（ひど）い仕打ちで私を責めてくれたら、どんなに良かったか）

紬は強い両腕に囚われたまま、彼を振り向いた。熱のこもった眼差しで自分だけを見つめる彼の頬に、知らずに手を伸ばしていた。

（なぜ私に優しく触れるの？　私の心を高鳴らせる言葉をかけるの？　ずるいよ。別れる結末は決まっているのに）

有馬の復讐は、まるで甘い毒のようだ。

罪人を死ぬまで心地よく酔わせる。

（有馬君……）

いつもはきちんと整えられた髪が乱れている。そんなふうに情事の跡を残した彼を見ていると、紬は堪らなく愛（いと）おしくなってきた。思わず聞いてしまいそうになる。今夜、ベッドで過ごしたほんのひと時だけは、あなたも私を本気で愛してくれたの？　と。

（勘違いなのはわかってる）

愛されていると思いたくなってしまうほど、紬の方こそ彼に夢中になっているというだけ。

（あなたの復讐が成功しているだけのことなのにね）

有馬をはねつけることも、拒むこともしない紬の両手が上がって彼を抱きしめた。昨夜、彼に触れて知った、高校時代よりもずっとたくましくなった胸に顔を埋める。

（私、救われないな）

救われない馬鹿な紬は有馬を抱きしめ､思っている。願っている。負けが決まったゲームだけれど、私は続けたい。だって、私は知ってしまったから。復讐でも嘘でもかまわない。あなたに抱きしめられキスされ、すべてに触れてもらえる幸せを私は知ってしまった。

「次はいつ?」

紬の方からそんなふうに聞かれるとは思っていなかったのだろう。有馬は一瞬黙り込んだ。

「楽しみね」

「紬――」

髪を軽く引かれて顔を上向けられた。

「紬は手強いな」

紬の唇は、有馬の噛みつくようなキスに塞がれた。

有馬にリカバリーセンターの庭園に誘われた時は、紬は正直ほっとした。

（ここならふざけたことはできないよね）

いよいよ迎えた次のゲームの当日だった。一回戦からちょうど一週間が経った金曜日のこと。夕陽が沈もうという頃合いなのは、最初と同じだった。二人の時間がプライベートな夜へと流れていく時刻だ。

紬は広い庭を見渡した。本館と別館、センターの運営機能が集まった事務棟と、三方を建物に囲まれた庭は、新緑の樹木と手入れの行き届いた花壇とで構成されている。施設内ではあるが歩くとそれなりに満足感が得られるよう設計された遊歩道には、座り心地の良い木製のガーデンチェアも設けてある。

ここなら、隙あらばキス――などというふざけた真似はできないだろう。

この一週間、有馬はまったく顔を出さなかったわけではない。滞在時間はほんの二、三時間だが、二日に一度はやってくると、紬をサポート役に必要な仕事を速攻で片付けていた。

「キスがルール違反？　そんな甘いことを言っていていいんですか？　勝ちを目指すなら、前哨戦も積極的に取りに行かないと」

そう主張する彼は、紬の唇を奪わずに帰る日はなかった。

「私にキスされた後のあなたの表情を見るのが好きなんです」

キスをすっかり自分の武器にしてしまった有馬は、紬の反応を余裕で楽しんでいた。

(ここは職場だし、しかも勤務時間中になんて、平気な顔して流せるわけないじゃない!)

紬はクールの鎧がこれ以上剥(は)がれないよう必死にガードしつつ、心のなかで文句をぶつけるものの、それが言い訳なのはわかっていた。有馬からのキスなら時間も場所も問わず、いとも簡単に酔わされてしまう自分が問題だった。二回目のゲームがはじまる前に、一歩も二歩もリードを許してしまっている。

「今日は寒いですね。マフラーがほしいぐらいだ」

ベンチに並んで腰掛けるよう促された紬は、あえて人一人分の距離を取って座った。キス攻撃を警戒してのことだ。季節がひとつ戻ったような肌寒さのせいで庭園に人の姿はなかったが、建物のどこに誰の目があるとも限らない。

「——それで? その探しものというのはなんですか? この間の写真のほかにもこの施設から盗まれたものがあるんですか?」

「いいえ。今回はまったく別の事情です」

説明する彼の表情が、ほんの一瞬陰ったように見えた。

「部長が大切にしていたものだと言ってましたね」

「祖母の形見です。有馬コレクションの目録にも載っている指輪です」

「ええ……? じゃあとても高価なものなんでしょう?」

有馬家には代々の当主が買い集めてきた美術品のコレクションがある。定期的に大規模展覧会を開いたり国内外の美術館に貸し出したりと、世界的にも知られた存在だった。なかでも有馬家が特注したという家紋をモチーフにした一連の宝飾品は有名で、テレビや雑誌などでも度々取り上げられていた。彼のいう指輪もそのなかの一点なのだった。

「友人に貸したのですが、彼が落としてしまったと」

「そんな大切なものを渡すってことは、よほど信頼のおけるお友達なんですね」

「ええ……。古くから親しくしている人間の一人でした。アンティークに興味があるので勉強のためにと頼まれて」

詳しい経緯を聞いてみると、なかなかに酷い話だった。

その何年来の有馬の友人は、ハロー・エブリィグループ企業の社員でもあった。彼は有馬から借りた指輪を相手に見せることで、詐欺まがいの借金を重ねていたという。と同時に、次期トップと親しいことを笠(かさ)に着ての職場でのパワハラやセクハラが発覚したそうだ。

「借金に関しては彼の家族が弁済することで、何とか警察沙汰にはならずに済みました。彼には依願退職してもらいました」

「……大変でしたね」

「困ったやつです。迷惑な話です」

紬は有馬の横顔から目が離せなくなっていた。友達の話をはじめてから少しずつ、だが傍目(はため)にもはっきりとわかるほど表情を失くしていく有馬に、もしかしたら彼はその友人を最後まで信じていたのかもしれないと思った。

「聞いてもいい？」

何となく踏み込んではいけない雰囲気だったが、紬は思い切った。急に彼が心配になったからだ。

「その人は会社を辞める時、有馬君になんて言ったの？　ちゃんと謝って辞めた？」

「頭も下げて謝った。ただ、恨み言も一緒にぶつけられたよ」

「恨み言？」

「もとはと言えば、お前が悪い。俺が欲しいものを全部持っているお前のそばにいるうち、俺もなんでも手に入れたくなってしまったんだと」

自分勝手な言いぐさだと静かに怒る有馬は、紬の目にはやはり辛い気持ちを押し殺しているように映っていた。友人が自分に対して恨みや嫉(そね)みの感情を抱いているなど、言葉にしてぶつけられるまで、夢にも思っていなかったのではないか。

「どこに落としたの？」

「この庭だ」

「ここに？」

そう思って改めて見渡すと、庭園は途方もなく広い場所に思えた。

「彼はセンターのオープニングセレモニーに関連する部署の人間だったんだ。開館前に足を運んでいる時に落としたそうだ」

しかし、有馬が何度か通って隅から隅まで探したが見つからないという。

「落としたっていうのは本当なのかな」

「嘘ではないだろう」

もし彼が隠し持っていたとして、後になって発覚した場合、盗難事件として扱わざるを得なくなる。さすがにそこまで馬鹿ではないだろうと有馬は首を横に振った。半ばあきらめている表情だった。

「もし誰か拾った人がいれば、施設内の落とし物として事務局に届け出ているはずでしょう。有馬家の家紋が目印のコレクションは社員のほとんどが知っているはずだから、尚更(なおさら)持ち帰ったりしないと思うけど」

紬はしばらく考えた後、頭に浮かんだことを口にした。

「うっかり落としたんじゃなくて、見つからないように隠したんじゃない？　たとえば土に埋めたとか？」

冷たく凪(な)いでいた有馬の面に、一瞬、動揺の波が走るのを見た時、紬にははっきりとわかった。彼はその友人を心の底から信頼していたのだ。

「有馬君は悪くない」

有馬の目がふわりと大きくなった。

「その人を信じていた有馬君は悪くない。最後まで信じようとした気持ちは、素晴らしいものだと思うよ」

「紬……」

「悪いのはそんな有馬君を裏切った馬鹿野郎の方。ね、ちゃんと怒った？　そいつにふざけんなって言ってやった？」

紬は本気で怒っていた。自分のことのように腹を立てていた。

「もしまだなら、今度会った時に私が代わりに怒ってあげる。お望みなら、思いっきり引っぱたいてやる」

有馬は驚きに見張った目を、自分の鼻先に突き出された紬の拳（こぶし）に向けた。

「嬉しいけど、これだとあいつはワンパン食らって面相が変わりそうだ」

しばし見つめ合った二人だったが、どちらともなくクスリと笑みが零れた。

（あ、この感じ）

紬の鼓動が高鳴った。夢の七日間の彼と彼女に戻ったようだった。いつの間にか口調も昔にもかえっている。あの頃の二人は同じものを見、同じものに触れ、同じようによく笑っていた。

「父には脇が甘いと叱られたんだけどな。それでほかの社員とは、ある程度の距離を置いてつき合うようになった」

入社前から有馬は父親に、自分の立場を弁（わきま）え、ほかの社員とは適切な距離を取ってつき合えと忠告されていた。

「でも、今どき古くさい考え方だと思った」

入社式で型破りな挨拶をしたこともあって、周囲は有馬に良い意味での親近感を抱いた。腫れ物に触るような態度を取る者や、必要以上に気遣い、特別扱いをする者もゼロではないが、少数派だった。有馬には居心地のいい環境だったのだ。そこへ友人の問題が降って湧いた。

「あいつのような人間がまた出る可能性がわずかでもあるとしたら、それを潰せるのは俺だけだ」

「そうやって、私の知らないクールキャラの有馬君が生まれたのね」

「実は母にも別のアドバイスをもらった。社内の女の子と男女関係になるのは、たとえ火遊びでもやっかいな問題にしかならないからNG。彼女たちが近づきにくいオーラを醸し出した方がいいってね」

「そんなの、淋しいよね。有馬君、にぎやかなのが好きな人だもの。あと、女の子にちやほやされるのも嫌いじゃないでしょ」

再び驚きの表情を浮かべた有馬は、小さなため息をついた。

「まいったな。はっきり言うなあ」

気がつけばベンチの上、二人の距離も縮まっている。あと少し手を伸ばせ繋げそうな近さに、互いの手があった。

「私はさっき私の知らない有馬君と言ったけど、そばにいてあなたの仕事ぶりを見てきた今は納得しているのよ。公私混同しないクールな顔は、有馬一樹の企業人としての有能さを象徴している。仕事から解放されれば、にぎやかで楽しいことが大好きな有馬君が羽を伸ばす。二つの顔が同居しててもちっともおかしくない。自然に思える」

「そうかな」

「ほかの人たちもきっと同じよ。遠巻きにしているのは嫌ってたり敬遠したりしてるからじゃなくて、単に近づきがたいの。だって有馬君は入社一年目から今日まで、周りも認める成果を地道に積み上げてきたでしょう？　次のトップ候補として注目されるなか結果を出すのは相当に大変なことだと、みんなわかってるのよ。尊敬の念や憧れの気持ちを抱く人たちがいて何の不思議もない。そう考えると、孤独を感じる必要はない」

「そうか……」

「そうよ」

頷く代わりに「かなわないな」と零した有馬は、なぜか嬉しそうだ。

「紬が部下の頼りになる先輩だって評判に嘘はないみたいだな」

例のスタッフへの面接調査の時に聞いたらしい。

「チーフになって三カ月も経ってないよ」

「相手が有能かどうかなんて、三日も一緒に働けばわかるだろ」

どう答えればいいのか戸惑う紬は照れ隠しの咳払い（せきばら）をすると、話題を有馬に戻して付け加える。

「女の子に関しては逆効果かもね。スーツの似合う知的でクールなキャラの方が、会社では絶対にかっこ良く見える。かえってファンが増えちゃったんじゃない」

有馬は視線を手元に落とし、しばらく黙っていた。

「ファンだなんて思うのは傲慢だけど、そうやって俺を好きになってくれる子は大抵は俺の表面しか見ていない。カッコいいところだけだ。いや、こういう言い方は卑怯だな。俺はそういうふうに見られるのが気持ち良かったし、彼女たちの目にカッコよく映るように意識して振る舞ってた。だけど――」

彼はいったん言葉を切って、紬を見つめた。

「だけど、紬には通用しなかった。今みたいに、紬には言葉にしなくても伝わってしまう。どんなにカッコつけても全部見透かされてしまうようで、正直、最初は居心地が悪かったんだ」

戻ってきた七年前の空気に心を動かされたのか、有馬が突然話しはじめた。たぶん二人がともに口には出さないが、触れたくないと避けてきたあの頃の思い出について。

「でも、何も隠さなくていいんだと開き直ったら、いつも女子の前では無駄に入っていた力が抜けた。居心地がよくなった」

有馬の視線は真っ直ぐ紬に向いている。ベンチの上で、指と指とがもう少しで重なりそうになっていた。

「あの頃の俺は、なんでも紬に見透かされてしまうのは、紬の告白が本気だからだと思っていた。誰かを本気で好きになった時、相手との間に超能力めいた以心伝心の力が生まれるんだって」

有馬は伏せていた目を上げる。なぜ？　と聞きたくなるほど真剣な眼差しは、紬を追いつめる。

「違っていたな。本気で好きならあんな終わり方はしなかった」

「さよならを先に言ったのは私だけど、あんな終わり方をしたのはあなたにだって――」

込み上げてきた思いが紬の喉を塞いだ。言葉が出てこない。

「俺がなに？」

二人が恋人同士だった最後の日。彼に連れて行かれたのは、学校の裏手にあった別れるカップルの背中を押してくれるという縁切り様だった。そして……。

紬の脳裏に、あの日も紬を苦しめた言葉が蘇る。


『ああ――わかってるよ。俺も愛してるって』


二人が初めて抱き合った日、彼のベッドで盗み聞いた囁きだった。

あの頃、彼の本命だった年上の女性とは今はどうなっているのか。紬にはわからない。ただ、彼女の存在を知って七年経った今もまだ、その事実を認めたくない紬がいた。認めようとすると苦しくて、だから彼にぶつけたい言葉も出てこない。

「……ごめん。今更、話すことじゃないよね」

こんな話を続けても辛いだけだ。

「そうだな。昔の話だ」

「昔の話ね」

（昔の話なのに、あなたは復讐したいと思っている。私は復讐でもいい、苦しくても辛くてもいいからあなたと二人だけの時間にしがみつきたいと思ってる）

紬は有馬を見つめたまま動けなくなった。少しでも動くと、また言葉が溢れてしまいそうだ。有馬も紬を黙って見つめている。

七年前の別れの日。二人ともどうすることもできずに立ち尽くしていた、あの時と同じ空気が降りてきた。

茜色（あかねいろ）の薄日に染まった小道を、センターの宿泊客らしい男性が軽い会釈をして歩いて行った。彼がやってくるのに気づかないほど相手しか見えなくなっていた二人の手は、だが、とうとう重ねられることなく離れていった。

「話を元に戻そう」

有馬の口調も、感情を抑えた静かなものに戻っている。

「では、指輪を落としたのが嘘だとして、あいつが親友への積年の怨（うら）みから隠したのだとしたらこの庭のどこにあるのか、考えてみようか」

視線を紬から庭の景色に戻した有馬は、やがて何かを見つけた顔つきになった。

「ホテルに部屋を取った。俺が勝敗の結果を持って行くまで、ゆっくり食事でもしながら待っていてくれ」

そう言われたものの、紬は有馬が来るまでの間、椅子にじっと座っていることもできなかった。

やけに時計の進みが遅かった。彼と別れてまだそれほど経っていないのにずいぶん待たされている気がして、落ち着こうと思えば思うほど冷静になれなかった。

「俺が指輪を見つけて紬の前に差し出すことができたら、ゲームは俺の勝ち。夜になっても見つけられなかったら紬の勝ちだ。いいな？」

有馬は念を押したが、どうしたのだろう？

（彼にはきっと勝算があるんだ）

紬が思い出すのは、別れ際のキスだ。有馬は誰に見られているかもしれない夕暮れの庭園で、なんの躊躇（ためら）いもなく唇を重ねてきた。紬にここがどこかも忘れさせてしまうぐらい情熱的なキスだった。

紬はそっと自分の唇に触れてみる。まだあの時の熱が残っている気がした。

「俺が勝ったらどうしようか？」

耳元で囁かれた声は、すでに勝利の自信に溢れ、昂る彼の気持ちを伝えていた。

窓辺に寄れば、イルミネーションに彩られた景色が今夜はやけに眩しくけばけばしく感じられた。こうして眺めているだけで何やら心がざわつく。

紬は改めて自分のマンションの部屋とは比べるべくもない室内を見回した。紬のいるリビングの続きには立派なベッドルームがあり、広い内風呂もついている。シャワースペースが別に設けられている豪華なものだ。夕食に頼んだルームサービスにしてもそうだった。どのメニューも二度見したくなるほど高いだけあって、とても美味しかった。けれど、紬は半分も食べられなかった。有馬のことで、頭どころか胸もお腹（なか）までもがいっぱいになっている。

紬は窓ガラスに熱くなった額を押しつけた。

（早くきて……）

吐息が震えて零れる。心をざわつかせているのは、不安ではなく期待かもしれない。勝敗よりも何よりも、紬の心は今夜有馬と過ごす夜へと飛んでいた。

部屋に入ってきた有馬が最初にしたのは、紬の前で握っていた右手を開いてみせることだった。彼の手のひらには、くすんだ銀色の指輪があった。リングの部分にぐるりと、有馬家の家紋をモチーフにした精緻な植物文様が彫り込まれている。

紬はとっさに有馬のその手を両手で包むと、もう一度握らせた。指輪は隠れてしまう。

「早くポケットにしまって」

「え?」

「コレクションに返すまでは、有馬君の目に入らないところにしまっておいて」

「どうして?」

「あなたは何ひとつ悪くないのにまた嫌な気持ちにさせられるなんて、おかしいもの。落ち着いて眺めることができるようになるまでは、近づかない方がいいと思う」

紬——と小さく名前を呼ばれた気がして、紬は突然抱きしめられた。弾みで指輪が二人の足元に転げ落ちたが、有馬は拾おうともしない。

「有馬君?」

戸惑う紬を、

「どこでどうやって見つけたかを真っ先に聞かれると思ったのに、紬はそうじゃないんだな」

有馬は紬を深く胸に引き寄せた。

「有馬君……」

紬は彼を待っている間、ずっと心もとなかった両手をたくましい背中に回した。

「あなたの勝ちね」

有馬は答えない。何かにじっと堪えているような深い呼吸の音だけが伝わる。

「私はどうすればいい?」

有馬は無言のまま両腕を解くと、紬を抱き上げた。彼が真っ直ぐ向かっているのは……。

「有馬君!」

バスルームは紬には想定外の場所だった。

「待って待って！」

覚悟の要る場所だ。

「紬が悪い」

「私？　えっ？」

「紬のせいだ」

彼は今夜はベタでもスマートでロマンチックな演出を考えていたと言った。高級ワインでも開けて、互いにほどよく酔いが回って紬がその気になってくれたところでシャワーに誘い、最後にベッドに連れて行く計画だったのだ。

「指輪の行方より俺の気持ちを真っ先に考えてくれる紬を見て、気が変わった」

有馬の長い足が、さっき紬が覗いた時のまま少し開いていた脱衣所の扉を乱暴に蹴り開けた。

「すぐに紬が欲しくなった」


「俺にキスされた後の紬がどんな表情（かお）してるか、知ってる？」

そう聞かれたのは、何度目かのキスの後だった。紬は微かに首を横に振った。自分がどんな顔をしているのかなんて、知りたくない。知るのが怖い。

二人きりのシャワールームは、薄く立ちのぼる湯気と熱い滴が床を叩く音で満たされている。

「もっとキスしてほしい顔だ」

有馬がちゅっと音をたてて紬の頬や首筋に口づける。

「そのうちに変わってくるんだ。キスだけでは物足りないって顔になる」

紬は何も言い返せなかった。知りたくないのに想像してしまったからだ。鏡に映さなくても今の自分がどんなに彼を欲しがる表情を浮かべているのか、見える気がした。

「……ん」

再び深く重ねられた唇に、紬の喉が鳴った。舌が紬の舌を追いかけ、口のなかの柔らかなところを傍若無人に侵している。

(あなたは……？　あなたも同じでしょう？)

脱衣所で、お互い服を脱ぐ手がもたついていた。下着が足に絡まりよろけたのは紬だったか、彼だったのか。少しでも早く触れ合いたくて、急ぐ気持ちにどちらも身体がうまくついていかなかった。彼は言った。

「なんだか昔を思い出すな」

あの時、有馬が蘇らせたのだろう記憶を、紬も思い出していた。

紬が有馬のベッドで過ごした初めての日のことだ。有馬も紬も、ガツガツと言いたくなるほど互いを求めあっていた。

『ごめん』

『どうして謝るの？』

『ガツガツしてて、かっこ悪いと思って』

『野蛮な意味じゃないよ。それだけ紬が欲しいってこと』

『……うん。ありがとう。私もね……。私もきっと同じ。すごくガツガツしてる。だから、ちっともかっこ悪くないよ』


昔のことを口にした有馬は、こうして抱き合っている間だけは七年前の二人に戻りたいと思っているのだろうか？　紬にはわからない。でも今、紬の目に映っているのは、あの頃から知っている彼だった。そして、今夜も二人はガツガツしていた。

「紬、もっと口を開けて」

「……ん」

「紬の口のなか、熱くて気持ちがいい」

高校生の頃には妄想の世界にしかなかった、互いを貪るような深いキスをする。口のなかにまで感じる場所があることを教えてくれたのも、有馬だった。

トンと紬の背中が壁に当たった。片方の乳房を握られた勢いで、後ろに押されたのだ。

「……んっ」

情熱的だが優しいキスとは反対に、有馬の愛撫の手は強引に、わがままに振る舞った。乳房は右に左に大きく揉みしだかれ、彼の思うがままに形を変えた。まるでお前が欲しい、早く欲しいと迫られ続けているようで、キスに半分塞がれた紬の唇からは、ひっきりなしに熱い息が零れた。

「紬……」

「……あっ」

乳首を乱暴に摘まれ、紬は声をあげていた。そのまま指の間で強く押し潰され、ピリッと痛みが走る。でもそれは一瞬で、苦痛はすぐにジンジンとした疼きに変わった。

「こうされるの好き?」

繰り返し乳首をなぶられ、紬の膝から力が抜けていく。

「俺は好きだよ。感じてる紬を見るのが好き」

両足に力を入れていないと、すぐにでもしゃがみこんでしまいそうだった。

有馬のキスが肩へと移り、右腕を滑り落ちていく。

(有馬く……ん……)

紬の五感のすべてが有馬に向いていた。彼の与えてくれる感覚をひたすら追いかけている。自分たちを濡らすシャワーの音もまるで耳に入らない。

「や……あ」

有馬の唇が裸の紬の輪郭をなぞっている。キスは脇腹から下へと流れ、腰のあたりに留まった。そのまろやかなラインに優しく触れている。

「……っ」

わざとなのか、そうでないのか。時折、彼の息が紬の叢(くさむら)を撫でた。その下に埋もれた秘花も一緒にくすぐられ、ぞくりとした震えが背筋を這い上がってくる。

「有馬君……」

紬は自分の前に膝をついた彼の両肩に手をかけ、きつく握りしめていた。恥ずかしさのあまり彼を向こうへ押しやろうとして、できなかった。自分の肉体(からだ)を愛してくれる彼の姿を見ると、拒むどころかもっと触れてほしい、もっとたくさん愛してほしいと思ってしまう。

「……んっ」

紬の腰が小さく跳ねた。有馬が高い鼻梁(びりょう)を押し当てるようにして、叢を分けたからだった。彼はその場所に指を添え引き上げると、薄く口を開いた花弁に口づけた。紬の両足にぎゅっと、爪の先まで力が入る。

鳥がついばむにも似たキスで責められ、秘花の奥がとろりと溶けるようだ。堪えきれずに蜜が溢れてくるのがわかる。

「や……あ、駄目……」

「どうして駄目？」

「だって……」

「こんなに濡れてるのに？」

有馬に囁かれると、とたんにまた身体の奥が熱くなった。

「……ほら」

彼の尖らせた舌先が割れ目に浅く差し込まれた。壁に背を強く押しつける紬の、今にも崩れ落ちそうな腰を抱き、蜜をすくいあげるように動かしはじめた。

「……あ……んっ……」

何度呑み込もうとしても洩れてしまう声が、有馬に甘えていた。

「俺を入れて」

有馬のその一言に、紬のなかに覚えのある衝動が蘇った。奇跡のような再会をしたのに、ベッドで抱き合いながらひとつになれなかった夜の強烈な欲望だ。彼とひとつになりたいという願い。

「早く紬に入りたい」

「私も……」

ようやく満たされる時を迎えて、欲望は素直に言葉になった。

「私も欲しい」

「俺が欲しいの？」

「……来て……」

紬がねだる。

紬の甘える指が、有馬の髪を掴んで引いた。

有馬は立ち上がると、紬をガラスの壁に向かって立たせた。背中から覆い被さる。彼の分身は紬の入り口を探し当てたかと思うと、すぐに潜り込んできた。彼とキスをしている時からズキズキと疼き続けていた路を開いて、奥まで入ってくる。

「あ、あ……」

視界に映る浴室の景色が、彼の動きに合わせて揺れはじめた。

「紬……っ」

彼の速い呼吸に紬の切ない息が重なる。

「……っ」

後ろから大きく突き上げられ、紬は一瞬息を止めていた。最初のエクスタシーが全身を駆け抜け、堪えきれない快感に紬の腰が淫らに捩れた。

彼に強く突かれるたびに、双つの乳房はガラスの壁に押しつけられる。無残にひしゃげる。それでも彼にもっともっとねだる姿勢で自分を差し出すのをやめられない。

頬が燃えるように熱かった。もし、この透明な壁の向こうに誰かがいてすべてを見ているとしたら？その誰かの目に、自分はきっと恍惚として快感に蕩けた表情を曝け出しているのだろう。想像するだけで羞恥で消えてしまいたくなる。でもそれは、たとえ復讐ゲームであっても、紬が有馬に抱かれる

時間に幸せを感じている証なのだ。

「紬……」

有馬は腰を大きく回すように動かしている。火照った内側を思うさま擦られる感覚は、彼の愛撫を追いかけ自然と身体が動いてしまうほど、気持ちよかった。

「気持ちいいよ、紬」

「紬は？　紬もいい？」

乱れた呼吸混じりの声が、紬の髪を揺らした。彼も自分を抱いて快感に浸っていると思うと、聞かれて嘘はつけなくなった。素直に頷いてしまった後で、紬はまた項まで血を上らせた。

「わかってた」

髪に埋められた彼の唇が微笑った。

「紬のここが、俺を欲しがってちっとも放してくれないから」

（言わないで……）

彼の言葉に反応し、また彼をきつく締めつけた気がして紬はうろたえた。

有馬が紬を両腕で抱いて引き寄せ、二人はより深いところで繋がった。

「紬……」

ひとつに溶け合った身体を味わうように、彼は動かなくなった。やがて、

「あれから七年経って、紬を知ってる男が俺だけじゃないのが腹が立つな」

熱く吐き出された言葉を合図に、有馬は再び紬を貪りはじめる。さっきよりも強い力で抜き差しする。

「俺よりイイやつはいた？」

紬は心のなかで首を横に振っていた。高校を卒業してからつき合った男性はいる。大学生の時も社会人になってからも出会いはあった。だが、ひとつベッドに乗っても、誰とも最後の一線を超えられなかった。

紬は有馬しか知らない。その有馬とのセックスに七年経った今もこんなに夢中になっていると知られたら、彼は復讐が成ったと思うかもしれない。

（そうしたら、全部終わってしまう）

紬は答える代わりに喘ぎを呑み込み、思わず「あなただって――」と返していた。

（あなたこそ、七年の間にたくさんの恋人がいたんでしょう。今もどこかに本命の恋人がいるのかもしれない。その人は、七年前の年上の女性（ひと）かもしれない。怖くてとても聞けないけれど）

知りたい答えをくれない紬に、イイ男がいたと受け取ったのだろう。

「復讐を果たすためには、その男より俺の方がイイことを思い知らせないとな」

有馬は紬をまた強く抱き寄せた。紬の髪に憑（つ）かれたように何度も口づけ、囁いた。

「俺と紬の相性が一番ってことを教えてやる」

彼の言う相性が身体に限ってのことだと思うと、わかっているのに紬の胸は苦しくなった。今にも涙で曇りそうな目を慌てて閉じていた。

——その夜。

有馬が眠っているうちに帰ろうとした紬は、部屋の入り口で床に落ちたまま忘れ去られていた指輪を拾い上げた。指輪が見つかった経緯は、ベッドで有馬に聞いていた。

「俺とあいつのつき合いは長い。互いの性格もよく知っている。あいつが俺のことを憎んでいると言っていいほど嫌っているとしたらどうするか、よく考えてみたんだよ。紬の推理した通り、落としたと嘘をつき土に埋めた線はアリだと思った。地べたを這いつくばって探す俺を想像して、ニヤニヤできるだろう。でも、いつか探し当ててしまうのでは面白くない。できれば最後まで見つからない方がいい。だとしたら、隠す場所はどこが一番いいのか？」

そこで有馬は庭園を見渡せる場所に立ち、いったん足元に落とした視線を大きくあげてみた。誰もがあまり思いつきそうにない、地面とは位置的に真逆の場所を考えたのだ。しかし、目に映るのは都心のビル群を背景にした新緑の梢ばかり。

「ふと思い出したんだ。小学生の頃、あいつが校庭にあった巣箱の観察に夢中になっていたのを」

巣箱はセンターの庭の樹々にも幾つか掛けてあった。残念ながらどれにもまだ住人は見つかっていないようだが。有馬が調べてみると、そんな空き家のうちの一軒から指輪が見つかったという。テープを使って内側にしっかり貼り付けてあった。

紬は忍び足で寝室に戻った。自分のハンカチで包んだ指輪をベッドサイドのテーブルに置くと、彼の寝顔に見入った。

まったく無防備で安らかな、少年のような顔をしている。あいつとは小学生の頃から友達だと言っていたから、紬が想像していた以上に仲の良い間柄だったに違いない。実際、彼はその友達を親友と呼んでいた。きっと有馬は他人の目には映らないところに深い傷を作っただろう。紬は改めて、少しでも早くその傷が癒えるようにと願わずにはいられなかった。

（あなたらしいね）

友人の悪口も愚痴の類も一切口にしなかったところが有馬らしい。そういう優しさは自然と伝わるものなので、彼が敬遠されていると思い込んでいる周囲の人間にも、実際は敬意を払われ慕われているはずだった。もし、何かあれば必ず支えてくれるはず。

（私がそばにいて、一番に力になってあげたいけれど……）

悲しいことに、彼はそれを望んではいない。

ゲームの勝敗がどうでも、勝者はいつも有馬だった。彼にキスされるたび、抱きしめられ身体を重ねるたびに、紬は復讐の手に囚われる。何もかも奪いつくしてやると言い放った彼に、容赦なく奪われていく。

「おやすみなさい。次のゲームが楽しみね」

心にもない囁きを残し、せめてこの一瞬だけでも彼への想いを振り切ろうと、いつまでも見ていたい寝顔に背を向けた。と……、ベッドを離れたとたん鳴り出したスマホに、紬の心臓は飛び上がった。

慌ててバッグから取り出し、相手が誰かもろくに確かめずに出ていた。

『もしもし？　金沢さん？』

（誰？）

『ご無沙汰してます。僕——柳（やなぎ）です』

（えっ？）

「柳君！」

背中を丸めてスマホを隠すようにしゃべっていた紬は、つい声が大きくなっていた。びっくりしてしまったのもしかたがなかった。なぜなら電話をかけてきた相手は、以前恋人だった男（ひと）だったからだ。

第四章　いずれ別れの時がくるとしても

柳とつき合っていた頃、紬はいつも心の片隅で彼と有馬を比べていた。何がそんなに違うのだろうと腹立たしく思っていた。どちらも同じように優しいところに惹かれたのに、なぜ気持ちは同じように高鳴らないのだろうと。


二年ぶりにみる柳誠司（せいじ）は、有馬同様、『働く男』として進化を遂げていた。入社式の日には真新しさがどこか野暮（やぼ）ったく、着られている感のあったスーツを、かっちりとかっこ良く身につけている。私服よりもスーツの方が似合うのではないかと思わせるところも、有馬と同じだった。

彫りの深い顔だちの有馬とは対照的に、柳はどちらかと言えば陰影の乏しい顔をしている。だが鼻筋は通っており、細面な輪郭とあいまって上品な印象を与える。有馬のような華やかさはないが、穏やかでもの静かな男性が好みの女性にはもてるだろう。

五月の連休が明けてすぐの火曜日、リカバリーセンターの喫茶室で二人は待ち合わせた。昼時の食堂は混むので落ち着かない。軽食メニューでよければと誘ったのは、紬だった。

「席はそっちで大丈夫？　眩しくない？」

窓際の席に座る際、柳は紬に確かめてから腰を下ろした。紬は思い出した。柳はこんなふうにちょっとした気遣いもできる優しい心根の男性(ひと)だった。
同じ新入社員として柳と出会ったのも、彼の優しさがきっかけだった。三年前の春、入社式が終わり会場を出ようとした紬は軽い眩暈(めまい)を覚えて、立ったばかりの席にまた座り込んでしまった。舞台の上と下とはいえ有馬と再会し、緊張と興奮で体調を崩したせいだった。紬の様子に気づかなかったり、気づいても見て見ぬふりをしたり、足を止めてくれる者が誰もいないなか、声をかけてくれたのが柳だった。

本当に優しい人だった。でも、あの頃の紬はどうしても、あと一歩彼の方へと踏み込むことができなかった。距離を縮める勇気が持てなかった。

「金沢さん、入社した頃にはもう周りの新入社員にくらべてかなり落ち着いた雰囲気だったけど、今は正真正銘仕事のできる大人の女って感じだね」

「そうかな。ありがとう。柳君もね、素敵になったよ。バリバリ仕事を頑張ってるんだろうな、ちゃんと成果をものにしてるんだろうなって、私も久しぶりにあなたの顔を見た瞬間思ったもの」

「まあ、頑張ってはいるよ。成果に関しては半分自己満足なところはあるかもしれないが」

照れると伏目がちになる癖も変わっていない。通り一遍の挨拶やあたりさわりのない雑談やらは、二人が軽い食事を終えるまでにすませてしまい、話はよりプライベートなものへと移っていった。

「この前は、急に電話をかけたりしてごめん。金沢さんがこの春にセンターに異動になったのを聞いてたものだから」

柳は二人の共通の友人の名前を出した。

「いきなり顔を合わせて驚かせるのも悪いかと思ったんだ」

「ううん。気にかけてくれてありがとう」

二年ぶりの電話には驚いたが、それだけだ。知り合った当日には柳の誠実さに感謝していた紬なので、突然連絡してきたといって何かを警戒しているわけではなかった。

柳に助けられた出会いをきっかけに、友人になって半年。彼の方から交際の申し込みがあり、紬はつき合いはじめた。本社の営業職として採用された柳とは職場で顔を合わせることはなかったが、二人ともに仕事が休みの日にはいつも会っていた。デートは楽しかった。彼の隣は居心地が良かった。それなのに二人の関係が思うように進まなかったのは、紬自身、そのことをもどかしく感じつつも、自分を引き留める何かがあったからだ。どうしても呑み込めない心のつかえのようなものがあった。

身体の関係を結ぼうとして中途半端に終わった頃、別れを口にしたのは彼だった。ふられた紬はショックだったし悲しかったが、その一方で安堵もしていた。自分が自分の心に嘘をついていることに、薄々気づいていたからだ。

有馬への想いと正面から向き合っている今ならわかる。自分は有馬という存在を心のなかから追い出したくて、柳とつき合っていたのだと。

入社式の時、思いがけない形で有馬と再会してしまい紬は動揺していた。柳はそのタイミングで紬の前に現れたのだ。紬は自分に新しい恋をする意志も気力もあることを証明したくて、一生懸命になった。

柳とつき合っていた頃は、わからなかった。柳は柳であって有馬ではないという当たり前のことに。有馬への想いに振り回されて、二人を比べても何の意味もないことにすら気づけなかった。

（本当にごめんね）

紬はどこか遠慮がちにこちらを見ている柳と目を合わせ、心のなかで謝った。

職場の違う柳とは、恋人関係を解消した後はもう顔を見る機会もなかった。ほぼ二年間、連絡を取らずにいた柳が電話をかけてきた理由を聞けば、やはり彼の生真面目さからだった。

この春、柳も営業部からマーケティング部門へ異動となり、事前研修やリスキリングのためセンターを利用することになった。電話があったのは連休前だったが、期間は昨日を初日に三週間だという。

館内でばったり顔を合わせて驚かせては悪いという柳の気遣いは、紬にはありがたかった。おかげでこうして心穏やかに話ができる。

「受付の仕事だと聞いたけど、今日は窓口にいなかったね」

柳が運ばれてきた珈琲（コーヒー）に口をつけた。

「ああ……うん。そうなの」

紬もカップに指をかける。

「今は臨時に経営戦略室の有馬部長のバトラーをまかされているの」

「バトラー？」

「ホテルで言う、その人専門の客室係みたいなものね。センター内に限ってだけど身の回りの世話をしたり面倒な雑務をこなしたり、部長の指示でこの施設に関わる仕事のサポートもしているわ」

「有馬部長って、次期ＣＥＯのだろう？　僕も昨日初めて会ったな」

「えっ？」

紬は思わず口をつけたカップを飲まずにテーブルに戻していた。

「研修の初日が終わった夜に急に呼び出されたから、何かしでかしたかと思って身構えちゃったよ」

「どうして？　なんで柳君が呼ばれたの？」

「今、センターの運営についての意見を集めてるんだよね？　あらゆる部門の人間と直接会って情報収集している、僕もそのうちの一人だと言われた。同い年とは言っても、こんなことでもなかったら直接話をする機会もない雲の上の人だ」

柳は紬が有馬のサポートをしているなら、当然了解しているだろうという顔をしていた。

「大勢の人と面談しているのはそうなんだけど……。柳君からも話を聞くっていうのは、知らなかったな。私もスケジュールを組んだ覚えがないし」

スケジュール表に柳の名前がなかったのは確かだった。そもそもが面談は就業時間内に設定していた。有馬にそう指示されたていたからだ。

「突然決めたのかなあ？　追加や変更があればきっちり連絡してくる人なのに」

考え込んでいた紬が顔をあげると、やはり何事か考えているらしい柳の視線とぶつかった。

「なに？」

「いや……」

ためらう表情を浮かべた柳は、「彼は単なる上司？」と聞いてきた。

「特別な知り合いとか？」

紬は一瞬迷ったが、隠す必要もないと気づいて頷いた。

「高校が一緒だったの。一年の時はクラスメートだった。でも、私も柳君と同じよ。彼がグループを継ぐのを知ってて入社したんだけど、ずっと雲の上の存在だった。彼が仕事でセンターに通うことにならなければ、私も直接会う機会はなかったと思う」

「高校生の頃、つき合ってたんじゃない？」

「えっ？」

不意打ちのような質問に、紬の心臓が跳ねた。紬は動揺が表に出ないよう表情を引き締めたつもりだが、上手(うま)くいったかどうか不安になった。柳には他人の心の動きに敏感なところがあった。

「つき合ってないよ」

柳は「間違ってたのならごめん」と謝った。

「有馬部長との面談、センターの話は半分ぐらいであとの半分は個人的なことを結構あれこれ聞かれたなあと、ちょっと不思議に思ってたから」

「そうなの？」

柳はたぶん、まだ完全には紬の答えに納得していない。

「もしかしたら僕と金沢さんが過去につき合っていたのを知ってて、だから僕がどんな男か気になったのかなって」

紬はポカンとした。柳の言いたいことを理解するのに少しかかった。

「まさか、あり得ないよ。当たり前だけど、私は部長に柳君とのことを話してないし。そもそもそんな必要ないんだもの」

「でも、ほら。あの人の場合、立場上、会社を跨いでグループ内にすごい情報網を持っていそうだからさ」

「柳君の考えすぎだよ。もし有馬部長が事前に私たちの関係を知っていたとしても、柳君に個人的な興味を抱いたりはしないでしょう？」

「部長が金沢さんを好きなら話は違ってくるね」

「ないよ」

「もっと言えば、彼の方は高校の頃から君に片想いしてるのかも」

「ないない！」

「そんなにガッツリ否定しなくても」

苦笑する柳に、

「柳君が真面目な顔してとんでもないこと言い出すからよ」

紬もついむきになって反論してしまった。たとえ勘違いや冗談であっても辛かったからだ。そうであったらどんなに幸せだろうと思う気持ちが見る間に頭をもたげるのがわかって、苦しくなる。

テーブルに置いた紬のスマホが震えはじめた。手に取った紬は画面に表示された名前を見て、ドキリとした。なぜ今？　と問いただしたくなるタイミングだった。紬はうっかり「有馬君からだ」と言いかけ、「部長から」に訂正した。

慌てて柳に断り、席を立つ。いったん喫茶室の外に出ると、人気のない場所まで移動しスマホを耳に押し当てた。

『紬？　なにしてる？』

「え？　はい、お昼を食べていました」

『どこで？』

「センターの喫茶室です」

『一人で？』

「同期の友達と一緒です。研修で来ると連絡をもらったので、久しぶりに会いました」

矢継ぎ早の質問の後、電話の向こうは急に静かになった。いつもとなんだか様子が違う。尋問みたいだ。戸惑っている紬に、有馬はこれから行くと言った。

「こちらにいらっしゃるんですか？」

『行く』

「今、名古屋ですよね？　今日は一泊の予定と伺いましたが」

『予定変更だ。仕事は三時過ぎには片づくと思う。センターに着くのは夕方遅くになる』

「あ……、はい」

『明日以降の打ち合わせをする』

「わかりました」

『――紬』

「え？」

『待っていてくれ』

電話を切ってから紬は首を傾げた。明日以降のセンターにおける有馬のスケジュールは、一週間単位ですでに大筋の流れは組み立ててあった。紬のスケジュールも同様だ。途中、細かな変更が入ることはあっても、その時々の処理で十分対処できた。出張の予定を変えてまで打ち合わせしなければならないこととは、なんだろう。よほど緊急の用件だろうか？

職場では上司の顔を崩さず「金沢さん」と呼ぶ、ですます口調の有馬が、今の電話ではすっかりプライベートの彼に戻っていたことに気づいて、紬はじわじわ頬が熱くなってきた。「待っていてくれ」と言った彼の声が、言葉以上の意味はないのにいつまでも耳の奥に残って離れなかった。

「将来のポジションに向け、私はまだ修行中の身です。当分は専任の秘書を持つつもりはありません。秘書に任せる分も自分で片付ける能力をまず培わなければ、一人前への最初の一歩も踏み出せないでしょう」

以前、そう話していたはずの有馬が、紬にその秘書の仕事を任せたいと言い出した。センターにいる間だけの限定的な役割ではない。有馬一樹のスケジュールを丸ごと管理する、一日のほとんどを彼と行動を共にするまさに彼専属の秘書だ。有馬が出張先から急遽戻ってきた理由がこれだった。

やれと言うならやりましょう。

紬にしてみれば開き直るしかなかったわけだが、それにしても勤務時間中に、時にはアフターファイブにも、仕事と関係があるとは思えない場所にまであちこち引き回されるのには困った。たとえば美術館や博物館、最近話題のカフェやイベント、果ては都心近郊の海辺にまで。まるでデートだ。

「大丈夫ですか？　これもお仕事なんですよね？」

社内で問題にならないのか紬が心配しても、「もちろんです」と一言返され終わってしまう。

その日も紬は有馬家の女性たちが代々贔屓にしてきたという百貨店の、特別な顧客しか入れないＶＩＰルームに連れ込まれていた。

「復讐相手に服を贈るってどうなんですか？　あとで請求書を回されても困るんですけど。持ってきていただいた商品は、どれもきっと目玉が飛び出るぐらいお高いんでしょう？」

「賢いあなたらしくない発言ですね。私を返り討ちにしたいなら、絶好のチャンスではないですか。男なんて単純なものです。あなたに着てほしい服を贈るんです。それを身につけてみせるだけで、案外簡単に堕とせるかもしれませんよ」

ついさっき、有馬のリクエストに添った商品を何着もハンガーラックに揃えて持ってきてくれたのは、有馬家専任だというコンシェルジュの女性だった。すでに軽口を叩けるほどには親しくしているらしい彼女に、有馬は紬と二人で選びたいと言った。

「かしこまりました。どうぞごゆっくり」

彼女は部屋を出ていく時、紬に向かって微笑んだ。

「有馬家のプリンスらしく振る舞う一樹様にかしづかれると、お姫さまになった気分でドキドキしますでしょう？　その高鳴りこそが不思議な魔法なんです。女を美しく魅せてくれます。同じドレスを着ていても、高鳴りの分だけ誰の目にも綺麗に映るんですよ」

おそらくは二人の時間を盛り上げようとしてくれたのだろう彼女の言葉に、有馬も面白半分で乗ったのかもしれない。職場で見せるクールな紳士の顔で、ＶＩＰな客にしか到底手がでないだろう服を紬で着せ替えするだけでは飽き足らず、プレゼントしたいなどと、とんでもないことを言い出したのだ。

「私がプリンスならあなたはプリンセスになって、いっそわがままにふるまってもらっていいんです。

なりきれるのはあなたか私か、これもゲームの続き、ということではどうでしょう？」

逃げないよね？　と暗に迫る意地悪な微笑みに挑発され、紬も「わかりました」と有馬に倣ってクールに返した。

「でも、正直このゲームは負けでいいわ」

「そんなこと言わずに、ね。これを着てください。ぴったりの靴も用意してありますから」

有馬がハンガーから外した一着を紬に差し出した。一見してワンピースらしかった。カラーは上品なきらめきを帯びた、シャンパンゴールド。

「いいわよ。着てあげる」

余裕たっぷりに、わざと高慢な態度で受け取ったものの、フィッティングルームに入っていざ試着しようとして、

（えっ？）

紬はそのワンピースを――否、ドレスを両手で広げたまま固まってしまった。

有馬は本当にこんな服を自分に着せたいのだろうか？　贈ってもらっても、着ていく場所などどこにもないのに。いや、それ以前に、

（とても私に似合うとは思えないんですけど？）

スカートの裾に大きく入ったスリットを見つめる紬の頬に、血が上ってきた。

似合うのは、もっとスタイルの良い女性だろう。それこそ紬が思春期に突入した頃からずっと憧れ

てきた、出るべきところがしっかり出ているメリハリボディの持ち主だ。紬は自分には絶対似合わないと思った。それなのに、

「やはりそうだ。あなたにぴったりだ」

有馬はドレスに着替えた紬をひと目見たとたん、飛んできた。すぐさま腰を抱いて引き寄せる。

「綺麗ですよ」

「そうでもないわ」

口調は辛うじて平静を装ったが、有馬と目が合ったとたん視線を逸らしてしまった紬に、彼はクスリと笑った。

「私を信じていませんね」

有馬は紬を鏡の前に立たせると、今度は後ろから腰に両腕を回して抱いた。

「自分の目でちゃんと見てください」

紬は優しい声音に背中を圧されて、思い切って目をあげた。

鏡のなかに、紬の知らない紬がいた。

オフショルダー&マーメイドラインのドレスは、フルレングスのロング丈。ボーンにしっかり包み込まれたボディには、慎(つつ)ましやかではあったが柔らかな胸のふくらみがあった。乳房の谷間にも、艶(つや)やかな翳(かげ)りが落ちている。

ほぼ足の付け根まであるスリットから覗く脚は、自分でもびっくりするほどスラリと長く見えた。裾からは上品なベージュのハイヒールの爪先が覗いている。

ネックレスもピアスもつけていないが、それがかえって光沢のある布地の華やかさを引き立てていた。


紬は鏡に映った自分の姿をひたすら見つめていた。身体に回された有馬の両腕が、優しい鎖のようだった。自分を彼に繋いで離さない。紬にはそれが、ほかの何より輝いて見えた。

「あなたは綺麗ですよ」

彼はまた紬の髪にキスで触れている。高校生の彼もお気に入りの場所だったというだけでもう紬の胸は熱くなる。

「私を信じてほしいな」

鏡のなかで合わせた彼の瞳に、偽りやごまかしの色は見えない。感情も乾いていない。紬が昔から知っている明るく力のある瞳だ。

(そんな目で見ないで……)

紬の心臓が震えている。

そんな目で見つめられると、私はまた勘違いしてしまいそうになる。あなたに愛され、大切にされているとと信じたくなってしまう。


紬はこれ以上胸の鼓動が高鳴らないよう、ドレスの上からそっと押えた。

「あなたの趣味じゃありませんか？　気に入らない？」

有馬が残念そうに紬の顔を覗き込んだ。

「そういうわけじゃないけど、ちょっと思い出したから」

「何を？」

「クールなお姉さまキャラには、こんなふうに大胆で派手なのは似合わないんじゃないかって」

「ああ……」

有馬も思い出したようだった。高校生だった自分が紬をクールなお姉さまキャラと呼んだことを。

あの頃、有馬にはおそらく本命の恋人がいた。その年上の彼女こそが、『クールなお姉さま』そのものだったのだろう。一週間だけ彼女にしてほしいなどという自分勝手な頼みを彼がきいてくれたのは、紬が恋人と似たタイプだったからかもしれない。別れた後に頭をもたげた疑いは、どうやら今もまだ心のどこかに引っかかっているらしかった。


有馬君こそ、ちゃんと私を見てくれてる？

あなたが瞳に映しているドレスの女は誰？

本当に私？


喉まで出かかった言葉が、紬の心に居座るわだかまりを教えていた。

「よく覚えていますよ。私に二つの顔があるように、あなたにもある。クールな紬がいて、可愛い紬もいて。制服姿が颯爽としてかっこ良かった高校生のあなたは、私の目にはふわふわしたワンピースも似合う可愛い女の子に映っていた。七年経って、あなたは大きく変わっていました。今の金沢紬はクールで可愛いけれど、それだけじゃない。あの頃にはなかった華やかな色気がある」

いかにもプリンスらしいキザな言い方のなかにも、彼の嘘のない思いは伝わった。有馬の目には今、ほかの誰かではない、紬がちゃんと映っているのだ。卒業してから今日までの日々、紬の心に絡みつき苦しめていた疑いの糸が、するすると解けていく。

「改めてお願いします。あなたに似合うこのドレスを贈らせてもらえますか？」

「ありがとう。嬉しいわ」

紬は有馬の腕のなかで身体の向きを変え、彼と目を合わせた。

「あなたに本気で贈りたいと言わせたのなら、私の勝ちね」

「ドレスを受け取ってもらえるのなら、私の勝ちでもあるでしょう」

「じゃあ、このゲームは引き分け？」

『引き分け』の部分に二人の声がハモって、紬と有馬は顔を見合わせた。どちらの口元にも、同じ楽しげな笑みが上ってくる。

　プリンスとプリンセス気分でゲームをしている。その流れに乗って長年抱えてきた重たいものを吐き出せた紬は、本当に楽しかった。

「素敵なイブニングドレスだけど、残念ね。私には着ていくようなところがないもの」

　海外のセレブがこんなドレスを着ている写真や映像を見かけるが、彼女たちが毎晩足を運ぶパーティーだのチャリティーイベントなどには、紬は当然縁がない。

（結婚式に着ていくのも無理だな。大胆すぎて浮くし、花嫁さんの怨みも買いそう）

「紬――」

　有馬が紬の手を取り跪いた。

　そっと握った紬の指先に口づけ、彼は言った。

「私と結婚すれば、ドレス姿を披露する機会はありますよ」

（え……？）

　紬の鼓動が一瞬止まった。

「グループの存続と発展のために、国内外の様々な人たちと交流するのも有馬家の人間の仕事です。夫婦で出席するパーティーも、年に何度かあります」

　有馬は何を考え、結婚の二文字を口にしたのか。紬にはわからない。

「このドレスをこれだけ美しく着こなせる妻は、夫には心強いパートナーです。美しさもその人の持つ能力のひとつですから、誰もが敬意を払うでしょう」

復讐ゲームの続きの、誘惑の台詞だろうか？　甘い毒を含んだいつもの囁きなら、いっそ酔ってしまいたいと紬は思った。

（勘違いしては駄目だ）

心のなかで紬は首を振る。

（彼は私を愛してはいない。妻にしたいと思うほど求めてもいない。わかってる。だけど……！）

わかっていても今だけは信じてみたかった。偽りであっても、彼に妻にしたい女と呼ばれ抱きしめられる幸福は、やはり何にも代え難い喜びなのだった。

「次はどうしてほしいですか？」

有馬が紬を見上げて質問した。最初のゲームの後にそうしたように。

紬がすぐに答えられずにいると、ツイと上がった彼の指がドレスのスリットを分けた。誘われるように、紬の右脚が僅かに前に出る。

「紬……」

露わになった太腿に彼がキスで触れた。少しずつ少しずつ場所を移して押し当てられる唇に、緊張で張りつめた紬の肌は埋められていく。

「……ん」

ストッキングが薄い皮膚になってしまったようだった。軽く息がかかるだけで腰がひくりと震えた。

紬は自分でも戸惑うほどに感じていた。

ドレスの下の、もう片方の腿を撫でていた手が引かれ、スリットの奥に差し入れられた時だった。

紬はその手を掴むと、顔を上げ自分を見た有馬に精いっぱいの演技で微笑んでみせた。

「駄目よ」

熱い息を呑み込み、命じる口調で拒んだ。

「今夜のゲームは引き分けでしょう？　それに私の王子様は、こんな誰に見られるともわからない場所ではしたないことはしない」

紬は驚いている有馬の前に、さっきまで握られていた左手を差し出した。魅(ひ)かれるようにその手を取った彼を促し、立ち上がらせる。

ゲームは続いている。

「キスして」

紬は傲慢そうに顎を上げ、命令した。プライドのとびきり高いプリンセスになりきってみる。

有馬に愛されている幻に酔うのなら、今日は思うさまわがままに振る舞ってみようと思った。そうやって、今だけは有馬が自分一人のものであることを確かめてみたい。

「キスして……」

紬は有馬の頬を手のひらで包み、誘う。

あなたの手を拒むのも受け入れるのも、私の気分次第。どんなふうに触れてほしいかねだれるのも、私だけ。そんな自分勝手なわがままさえも、愛しているなら受け止めてくれるだろうか。彼は逃げないだろうか。

「今夜はできないぶんまでたくさんして」

「紬……」

有馬は逃げずに受け入れてくれた。頬にあった紬の手を握り、その手のひらに柔らかく口づける。

「たくさんしましょう」

一度重なった唇は離れてはまた重なり、ひとつになっては別れるを繰り返す。キスはそのたびにより深くなった。

（あなたとするの、好き……）

どちらのものとも知れない熱い息の合間に忍び込んできた舌を、紬は喜んで迎え入れた。

（……気持ちいい……）

口のなかへの愛撫がこんなにも気持ちいいなんて、紬は知らなかった。生まれて初めてのキスの時に感じたとろりとした不思議な甘さは、七年もの時を経ても彼と唇を重ねるたびに蜜のように濃くなっていく。

「……紬……」

彼の息が苦しげに乱れている。紬が思わず目を開くと、有馬は普段通り落ち着いているようでいて、眼差しはドキリとするほど熱を帯びていた。

「続きのできる日が待ちきれなくなりますね。これはそういうキスです」

彼の指が紬の濡れた唇をゆっくりと辿っていく。紬の背筋を甘い痺れが這い上がってきた。脚への愛撫で身体の奥に灯された悦びの焔を、大きく掻き立てられる。

「あなたも私もきっと、欲しくて欲しくて堪らない表情をしている」

そう囁きざま、再び唇を塞がれた。さっきよりもいっそう深く熱く互いを貪るキスは、まるで言葉の代わりに思いを交わしているようだ。

「あなたと再会した時、私は二人だけの秘密を持ちたいと言った。その願いは叶いました」

紬の熱い唇の上で、彼の唇が微笑った。

有馬は言う。周りの人間は皆、外の世界での二人しか知らない。スーツや制服に身を包み、何の欲望も持たない澄ました顔をして、模範的な大人らしく振る舞う二人しか。

「でも、私たちは違います。キスだけでこんな表情になる自分を、互いにだけ知られている。私たち二人の秘密です」

「……ん」

紬は下の唇を甘く食まれ、返事とも喘ぎともとれる声を洩らした。

「続きができる時まで、仕事の間もあなたのことを考えてしまいそうだ」

有馬は紬の唇をひと際優しく吸った後、「あなたは？」と聞いた。

「私も……そう……」

紬は返事をするのももどかしく、離れていこうとする唇を捕まえた。彼の真似してそっと吸ってみた。

「きっとベッドのなかのことを想像して、身体が熱くなりますね」

「ええ……」

「あなたも？」

「有馬君で頭も身体のなかもいっぱいになる」

素直に答えた紬に、有馬は黙り込んだ。彼は自分とのキスに夢中になっている、恍惚として蕩けているに違いない紬の面をしばらく見つめていたが、

「紬……！」

紬は突然抱きしめられた。有馬のキスに酔うあまり立っているのもやっとの、今にもその場に崩れ落ちてしまいそうな紬の身体を、力強い両腕が捕まえた。

「もう誰にも見せては駄目です。どんな男にも今の紬を見せないと約束してください」

彼の言葉に含まれた熱が、紬にも伝わる。

「二人だけの秘密だと言ったでしょう。これからは私だけが知っていればいいことです。約束です」

（有馬君？）

なぜそんなことを言うのだろう？　まるで紬に誰かほかの相手がいると疑ってでもいるようだ。

紬は柳の言葉を思い出した。

「センターの話は半分ぐらいで、あとの半分は個人的なことを結構あれこれ聞かれたなあと、ちょっと不思議に思ってたから」
「もしかしたら僕と金沢さんが過去につき合っていたのを知ってて、だから僕がどんな男か気になったのかなって」

有馬は柳を知っているかもしれないと思う。柳からの突然の電話に出た時だ。思わず声に出して名前を呼んでしまったあの時、ベッドの有馬は聞いていたのかもしれない。でも、だからと言って柳についていて調べたりするだろうか？　そうする理由がない。

「部長が金沢さんを好きなら話は違ってくるね」

(有馬君は柳君に嫉妬して？　……ううん、それはない！)
紬は柳の言葉に揺らされる心を、すぐさま打ち消した。
有馬は情熱的にゲームを楽しんでいるだけ。紬に特別な感情など抱いていない。彼の関心は、この甘く残酷な復讐を遂げることにだけ向いている。そして、復讐のダメージから少しでも逃げたかった紬は……。今ではどんな理由でもいい。嘘でも夢でもいい。有馬と秘密を共有する時間が少しでも長く続くことを願うようになっていた。

（約束なんていくらでもするから、もう少しそばにおいて）

紬は有馬を強く抱きしめ返した。

有馬の秘書になってから毎日困ったことだらけというのは嘘だ。本当は楽しかった。彼の有能な仕事ぶりを間近で見るのは眩しくてたまらなかったし、あちこち引っ張り回されるのもデートをしているみたいで心が弾んだ。

（だって、かけてくれる言葉もいつも優しくて。大切に愛されている恋人になった気分に浸れるんだもの）

今日の日が明日も明後日も、いつまでも続けばいいのに。

紬のなかでその願いが大きくなればなるほど、歩を合わせるように少しずつ膨らむもうひとつの思いがあった。

いつ彼に背を向けられるかもしれないと、紬は怯えているのだ。紬のすべてを奪い尽くして捨てるというならすでにその条件は整っているのだから、ある日突然、恐れている瞬間（とき）が訪れてもおかしくなかった。

どれほど覚悟はしていても、怖いものは怖い。

「次のゲームはいつ？」

ゲームが続けば、終わりはこない。

紬は有馬の胸に深く埋まり、返事を待った。

「……いつ？」

有馬はこの頃、ハッとするほど険しい顔を見せるようになった。何事かを深く考え込んでいるらしい硬い表情は、再会した頃にはなかったものだ。そんな彼の視線が、時折自分に向くことがある。なぜなのか、紬にはわからない。わからないから怖い。恐れている日がすぐそこまで迫っているようで、怖くてたまらなかった。


あれから一週間が経っても、有馬から次のゲームの誘いはかからなかった。

有馬と一緒に行動していれば、彼の仕事がいかに多岐にわたっており、どれほど多忙を極めているかは肌身に感じる。だから、個人的な遊び（ゲーム）などにそうそうかまけていられないのだろう。紬もそう思って、それ以上突き詰めて考えないようにしているのだが、ふと気がつくと不安のかたまりになって、頭のなかにまったく別の理由を並べている。

有馬は気がついたのではないだろうか？　自分がとっくの昔に紬の全てを奪い尽くしていることに。ゲームの続きは必要ないと、終わらせるタイミングを見計らっているのかもしれない。

（彼が時々私に向けるあの怖い顔も、復讐したいほど嫌っている人間にもともと向けられるものだと思えばそうとしか……）

不安は追いやっても追いやっても、少しでも隙を見せれば頭のなかに忍び込んでくる。ほかのことは何も考えられなくしてしまう。

「金沢さん。聞いてますか？」

「――は、はい！」

紬は我に返って、目の前のデスクに座った有馬を見た。紬の意識は、本社ビルにある有馬の部屋に引き戻された。

「明日の午後に入っている面会予定ですが、二社の時間が重なっていますね」

「えっ？」

紬は慌てて自分のタブレットで確認した。

「本当だ……」

午後二時からの約束が二社入っている。有馬に一任され、スケジュールを組んだのは紬だ。どちらも重要な案件に関する打ち合わせであり、そう簡単に時間を割いてもらえないポジションの人間が相手だった。

「申し訳ありません！」

深く頭を下げた紬に有馬が聞いた。「今さっきもそうでしたね。この頃、ぼんやりしていることが多いように見えますが、大丈夫ですか？　あなたらしくない凡ミスです。体調でも悪いのでは？」

「いいえ！　言い訳もできない失敗です。本当に申し訳ありません」

紬は顔をあげられなくなった。情けなかった。恋人として彼を支えることはできない分、職場ではサポート役として十分な働きをしたい。臨時ではあっても秘書の仕事も頑張る紬の心の真ん中には、確かにその願いがあったのに。力になるどころか足を引っ張るなんて。

「あまり落ち込まないように」

（え……？）

そっと目を上げた紬に、思いがけず有馬の穏やかな眼差しが注がれていた。

「人は失敗すれば同じ間違いを繰り返さないよう、より完璧な仕事ができるように努力します。その努力のきっかけをもらったと考えませんか。私はいつもそうしています」

有馬は微笑むと、「あなたもピンチの時こそポジティブシンキングの人でしょう」と続けた。

「以前の職場でいじめに近いことをされても、あなたはへこたれなかった」

有馬が言っているのは、紬が入社して二年目に経験したトラブルだった。紬をライバル視する女子社員が原因で部内の人間に誤解され、孤立してしまった。彼は苦境を乗り切った紬の行動力を褒め、会社にとって必要な人材だと評価してくれた。

「あの……」

「はい？」

「そんなことまでどうして知ってるんですか？」

まだ驚きの去らない紬の当然の疑問に、有馬は調査したからだと答えた。

「あなたを秘書にしようと決めたのは私の個人的な事情ですが、だからと言って採用の基準をいい加減にはできません。ですから、過去の働きぶりや実績について調べてみたんです。リカバリーセンターでのサポートを得て十分頼りになることはわかっていましたが、念のため」

「そうだったんですね」

昔の知り合いだからと言って特別扱いせず、ちゃんと仕事を通して自分を見てくれている彼に、紬は改めて感謝した。

紬はあれ？　と首を傾げる。

「個人的事情って？」

「ああ……」

有馬の顔に薄く赤味（あかみ）が差した。

「それは……まあ……、そういうことだ」

向き合った相手からめったに目を逸らすことのない彼が、珍しく視線を泳がせた。

「スケジュールの件は、私が先方に電話をして直接謝罪しましょう。合わせて新しくアポを取ります」

有馬は続く紬の質問を阻止しようとでもするように、すぐさまデスクの電話を手に取った。どうやらその事情とやらの中身を打ち明けてくれるつもりはないようなので、紬も気にかけるのをやめた。

（カッコいいなあ）

瞬時に気持ちを切り替え顧客と話す有馬を、紬はぽうっと見つめている。

（誰も見ていないところでも頑張ってるのがまた、カッコいいんだよね）

有馬一樹が有能である証を肌で感じる機会は、今まで何度もあった。だが、彼がトップの椅子に向かって一歩一歩着実に登っていくうちに、その足元に落ちた影法師にも目が向くようになった。

余裕しゃくしゃくでなんの苦労もなく仕事をこなしているように見えるが、きっとそうではないのだろう。周りの目には映らないところで、今抱えている目標に向け、僅かでも前進しようと有馬は必死にもがいている。

彼が得ている力は、持って生まれた能力などではない。何年もかけて育ててきたものだ。もしかしたら幼い頃からグループの未来と自分の将来を意識し、地道に培ってきたのかもしれない。

誰からもヒーローと目される有馬に寄り添う、努力家という名の彼の影法師を、紬は一度だけこの手に捕まえたことがあった。


有馬が流通業界の親睦パーティーに出席した夜のことだ。すでに帰宅していた紬は有馬に呼び出された。

「残業手当はつける。安心して出てきてくれ」

「わかりました。せっかく着替えたパジャマを脱いで駆けつけるんですから、手当てもその分、弾んでいただけるなら喜んで」

紬は軽口で受けたものの、心には不安が広がっていた。何かあったのだろうか？　業界の重鎮たちが顔をそろえるパーティだと聞いていた。彼はハロー・エブリィグループの現ＣＥＯでもある父親のお供で招かれていた。


パーティーが開かれているフロアの片隅で彼は待っていた。背の高い観葉植物の陰に、まるで隠れるようにして立っていた。思わず小走りになって駆け寄った紬は、いきなり抱きしめられ驚いた。

「有馬君？」

有馬は何も言わない。そのままただじっと紬を抱きしめていたが、やがて言葉はポツンと落ちてきた。

「……疲れた……」

紬が何か言う前に聞き取れないぐらい小さな、弱々しい声が呟いた。「ごめん。黙ってじっとしていてくれ」と。

紬は大人しく有馬の胸に埋まった。紬は彼の大きな身体を、子供を守って包み込むように抱きしめた。自然とそうしたくなったのだ。

ずいぶん長い間、有馬は紬に抱きしめられていたが、離れる間際、またポソリと呟いた。

「少しだけ背中が軽くなった」

仕事をしている時の顔と仕事を離れた時の顔、そしていつもは隠れている影法師と。有馬一樹には三つの顔があって、弱音も吐くし泣き言も言う三つ目の顔は、おそらく限られた者にしか見せていない。自分もその一人だと自惚れてもいいのだろうか？

有馬の彼女だった七日間に、彼は言ってくれた。紬といる間だけはいい具合に肩の力が抜ける、いろんなものがオープンになってしまうと嬉しそうだった。

彼は今もまだ寝起きにアホ毛は立つのだろうか。ホラー嫌いでお化けや殺人鬼が苦手なのだろうか。いいかっこしいなところがあるのは、変わってないように思う。

有馬と再会し、彼の働きぶりを目の当たりにして胸を高鳴らせる紬がいた。今は様々な重圧を背負って、時には弱音を吐きながらも頑張っている姿に、紬の鼓動はさらに高鳴る。胸の奥がつかまれるようにぎゅっと熱くなる。

（もう一度恋をするって、こういうことなのかもしれない）

高校生の彼に恋をし、社会人になった彼にもう一度恋をしている。

（道理でこんなに怖いわけだ）

二度恋をしたぶんだけ別れの辛さが何倍にも膨らんでいる。

紬はアポイントの約束を難なく取り直し、電話を置く有馬を見ている。目が合った。彼はスケジュールの変更についての説明するでもなく黙っている。紬も新しい面会の日時を確かめなくてはと思うのだが、なぜか言葉が出てこなかった。

沈黙にじりじりと炙られる。息が詰まるような居心地の悪さに、紬は回れ右してすぐにでも部屋を出て行きたくなった。

「あの……」

「あ――」

二人同時に口を開きかけ、気まずさにまた黙り込んだ。と――デスクの上を彷徨っていた有馬の視線が、傍らに置かれた菓子折りに向いた。

「ああ、お礼を言うのを忘れていました。これ――あなたのお母さんから。昨日、経営戦略室の方に宅配便で届いたそうです」

「……え？　えっ？　私の母がこれを？」

よくよく見れば、スイーツ好きの母が最近贔屓にしている洋菓子店の包装紙だった。

紬はまた謝らなければならなかった。

「今どき盆暮れにだって上司に付け届けをする人はいないし、受け取るのも禁止されてるからって何度も言ってきかせたんです。承知してくれたものとばかり思っていたんですが」

紬は「ご迷惑かけて申し訳ありません」と、もう一度頭を下げた。

母は紬のこの春の栄転を、本人以上に喜んでくれた。期間限定だが有馬のバトラー役を任された話をした時も、たいした出世扱いだった。すべては紬を応援したい親心が高じての暴走だ。

「金沢さんは一人っ子でしたね。それだけ娘が気がかりなんでしょう」

「気にかけてくれるのはありがたいんです。でも、自分がこうと思ったら驀進する人で、私も父も止めるのにしょっちゅう苦労してます。社会人になって、実家から通える距離なのに一人暮らしを選んだ頃から過干渉気味になっちゃって。最近は結婚しろ攻勢がすごいんです」

「結婚？」

有馬の紬を見る目がふっと大きくなった。

なぜか言葉遣いがくるんと変わって、二人きりでいる時の彼が顔を出した。

「結婚の話が出ているのか？」

「私、今年で二十六ですよ。そんなに急ぐ必要はないでしょう。だけど母は今どきは生涯独身を選択をする人も増えていると聞いて、不安になったみたいで。早めにお尻を叩いておけばお嫁に行く気になるとでも考えているんじゃないのかな」

「尻を叩くだけか？　見合いでもさせられてる？」

「今のところ何とか逃げられてますけど。ＰＴＡや自治会の役員に進んで立候補するような人なので、顔だけはびっくりするほど広いんですよ。あの人が駄目ならこの人はどう？　って次から次へと、よくそんなに候補者がいるなあって感心するぐらいです」

なぜか紬の結婚話にずいぶん反応している有馬は、束の間目を伏せ、「そうか……。そんなに熱心なのか」と呟いた。

「月に何度か、母と一緒に食事をしたり買い物に行ったりするんですが、最近は見合い相手のプレゼンの場になっちゃってて、なんやかやと理由をつけて断っています」

有馬の視線が紬に戻ってくる。

「そのうち押し切られそうだな」

「押し切られるつもりはありません。ただ……、結婚しないのはもったいない、仕事を続けたいなら尚更助け合えるパートナーがいた方がいいって母の主張には賛成なんです。だから、いいなと思える人が現れれば会ってみるつもりではいます」

正直に答えた紬だったが、同じ頭のなかでもう一人の自分の声を聞いていた。

お見合いするぐらい思い切ったことしないと、駄目だよ。そうしないと有馬君を忘れられない。きっと次に進めない。

急に黙ってしまった紬を前に、有馬も黙っている。

もはや居心地が悪いどころではなかった。このままここにこうしていると、だんだん悲しくなってきそうだった。有馬と再会してからというもの、紬の涙腺はかなりポンコツになっている。

「これから予定通りセンターに向かいます」

紬は気持ちをリセットするつもりで背筋を伸ばした。

紬は今日は午後いっぱい、リカバリーセンターでの事務作業を任されていた。有馬とは別行動だ。勤務時間が終われば有馬のところには戻らず、帰宅していいことになっていた。今度こそ、紬は失礼しますと頭を下げた。

「待って」

部屋を出ようとした紬は、ノブに手をかけたまま有馬を振り返った。

「今夜は何か予定は入ってる?」

「え? ……私ですか?」

「誰かに会うとか」

次のゲームを待って止まっていた時間が突然動き出したようで、紬は戸惑う。すぐに返事をしない紬に、約束があると勘違いしたのだろう。

「予定があっても断ってほしい」

言葉ではお願いしているが、強い口調は紬に命じている。

「食事をしよう。こちらでの仕事が片づいたらセンターに行く。部屋で待っていてくれ」

まだ返事を躊躇っている紬を見て、有馬は「話があるんだ」と言った。

「わかりました」

彼の視線から逃げた紬は、部屋を出たとたん大きく息をついた。扉に背を預け、動けなくなった。

（話ってなんだろう？）

久しぶりにプライベートで二人きりになれるのだ。喜んでいいはずなのに、紬は少しも浮かれた気分にはなれなかった。食事に誘われたことは今まで何度もあったが、彼の様子が明らかにいつもと違っていたからだ。

（約束を断ってでも聞いてほしい話って、なに？）

部屋を出る紬の瞳に映った有馬は、あの表情をしていた。紬にはさよならの兆しに思えてならない、険しい顔だ。あんな怖い目をして何を話そうというのだろう。やはり別れの宣告だろうか？　紬は絶望的な想像を、固く目を瞑って頭のなかから追い出した。

（どうか、お願い！　ゲームの続きでありますように！）

紬は世界中のすべての神様に祈っていた。

（今夜の食事が最後の晩餐でありませんように……）

誰か見ている者がいたら心配するだろう頼りない足どりで、紬は廊下を歩いて行く。ピンチの時ほどポジティブになると褒められた自分も、有馬のこととなるとまるでそういうわけにはいかないようだった。

紬は腕時計に目を落とす。時刻はついさっきアフターファイブに突入したところだ。有馬に指示されていた仕事は、大分前に片づけ終わっていた。

（連絡はないけど、そろそろ来る頃かな）

紬はデスクの上に突っ伏した。有馬の臨時秘書になった紬のデスクは、センター内の彼のオフィス、つまりは有馬の使うゲストルームの片隅に置かれていた。

（今夜はどんなお店に連れて行ってくれるんだろう。楽しみ）

彼がよく足を運ぶ店には、今まで外れがなかった。勝手に三つ星をつけたくなるほど美味しいところばかりだ。今夜のご馳走はなんだろう？　彼の好きなイタリアンかな。それとも私の好きな和食かな。紬が緊張する一方の心をなんとか解きほぐそうと奮闘している時、デスクの上のスマホが鳴った。

紬は飛び起き、ひったくるように手に取った。

「あれ？」

（柳君からだ）

柳の研修日程はまだ終わっていないはずだった。カフェで再会して以来、彼とは会う機会がなかった。有馬の秘書になってからは、本社をはじめとしたセンター外で仕事をする時間が増えたせいだった。

「もしもし、柳君？」

『はい？　え？　え……と、ひょっとして金沢さん？』

「ひょっとしてって、どうしたの？」

思わず聞き返してしまったのは、柳の様子がおかしかったからだ。言うこともとんちんかんなら口調もなんだかぼんやりしている。

『受付にかけたつもりだったんだ。カウンターに座ってる金沢さんのイメージがあったからかな。ごめん、うっかりしてた』

柳は体調があまり良くないのだという。幸い今日はセンター内でのプログラムだったので、許可を取って一人だけ早めに切り上げ部屋に戻ってきたそうだ。

『ひと眠りして起きたところなんだけどね。どうも熱が上がりそうなんだよ。薬の用意があればもらおうと思って』

ほしい薬の有無を確かめてからカウンターまで受け取りにいくつもりだった柳に、紬は自分が届けると伝えた。彼の泊まっている部屋から受付に行くには棟をまたがなければならず、病人には遠い。

研修参加に際して、彼の方から声をかけてくれたのだ。おかげで穏やかな再会を果たすことができた。紬は自分たちが普通の同期同士、恋人になる以前の関係に戻れたのは、柳の気遣いあってのことと感謝していた。

「ひと通りの市販薬は事務局に置いてあるの。解熱剤でいい？　それとも風邪薬がいいのかな？」

『風邪薬で』

「了解です。あ——あと、体温計も持っていくね」

『金沢さん』

「はい？」

『僕は嬉しいけど、本当にいいの？』

「自分の仕事は終わってるから気にしないで。待ってて。すぐ行くね」

紬はスマホを片手に話しながら、もう部屋を出ていた。友達ならこういう時、薬を持っていくぐらいは当たり前だと思った。


「金沢さんだ。ほんとに来てくれた」

待ち構えていたのだろう、扉をすぐに開けてくれた柳は、目が合ったとたん本当に嬉しそうに笑った。

「当たり前じゃない。嘘ついてどうするのよ」

「ありがとう。僕としては、とんでもなく嬉しいんですが」

柳はワイシャツ姿だった。ネクタイはしていない。あちこちに皺が寄っているところを見ると、紬に間違い電話をかけるまでベッドに横になっていたのだろう。いつもと違いパラパラと額に乱れ落ちた前髪にもその形跡があった。

「最初に会ったのが昼休みだっただろう？　同じ時間帯ならまた顔を合わせる機会もあるかなと期待してたんだけど、あれから一度も話してないね」

「ごめんね。私、この頃はセンターに終日いることはめったにないものだから」

紬は目下、期間限定ではあるが有馬の秘書として彼と行動を共にしている事情を説明した。

「秘書を拝命したのはいつ？　僕と再会してすぐじゃない？」

紬は思い出してみる。確かにそうだった。紬が頷くのを見て、柳はやっぱりなという顔つきになった。

「前に言っただろう。有馬部長は僕たちがつき合っていたことを知ってるんだよ。だから元カレと再会した金沢さんが心配なんだ。高校生の頃はどうだったか知らないけど、今の部長は金沢さんが好きで、僕を敵対視している。突然秘書にしたのも、金沢さんを独り占めするためだよね。いつも自分のそばに置いておくため」

「ハズレ。全然違います」

甘い夢は見てもいい。けれど、勘違いしては駄目だ。すべては復讐のためのゲームなんだと、紬は繰り返し自分に言い聞かせてきた言葉をまた心のなかで唱えた。

「部長の話はいいよ。それより柳君、熱が上がってきたんじゃない？　顔が赤いよ？」

電話をかけてきた時から何となく普段の柳らしくないのは、熱のせいだろうか。いつもはまず相手の立場に立って、あるいはその時々の相手の表情を読んで言葉を選ぶような慎重さがあるのに、今日の柳は自分で引いた一線を何度も踏み越えている気がする。

「金沢さん。具合の悪い僕を心配して君が薬を持ってきてくれると聞いた時は、本当に嬉しかったんだ。もっと嬉しかったのは、研修先で君に再会できると知った時だよ」

「そう……」

紬はなんと答えればいいのか、わからなかった。ただ、柳の言葉に簡単に頷いてはいけないと感じていた。

「紬！」

紬が驚いて振り返ると、有馬の長い脚が大股でこちらに歩いて来るのが見えた。あっと言う間に目の前までやってくる。

「そんなところで何をしている！」

紬はいきなり腕を掴まれた。柳の隣から引き剥がされ、有馬の方へと大きく身体が傾いだ。

「部屋で待つように言っただろう！」

「すみません」

紬は慌てて有馬から離れた。

「柳君に具合が悪いと聞いて、私の方から薬を持っていくと言ったんです」

自分の失敗のとばっちりが柳に行っては申し訳ないと、柳とも距離を取った。

「薬……」

有馬は我に返ったように呟いた。

「そうだったな。薬を届けにきたんだったな」

有馬は部屋にいない紬を探して、受付や事務局に電話を入れたのだそうだ。そこで紬が柳の部屋に向かったことを知ったのだった。

「大きな声を出して申し訳ない」

有馬は一瞬バツが悪そうに下を向いたが、次に顔を上げた時にはいつもの彼に戻っていた。紬ではなく柳を見る。

「それで？　医者に行かなくても大丈夫なのか？」

「ありがとうございます。大丈夫です」

柳は紬を挟んで有馬と対峙（たいじ）する位置に立った。

「有馬部長。本当のところ、部長が心配なのは僕の身体ですか？　それとも彼女の？」

紬はギョッとした。

（突然なにを言い出すの！）

熱のせいだとしても、とっぴょうしもない質問だった。しかし、柳の態度は有馬に負けないぐらい落ち着いていた。

「心配？　君たちはとっくの昔に終わった関係だろう？　何を心配する必要があるんだ」

（えっ？）

紬の驚いた瞳は、今度は有馬に向いた。

（有馬君、知ってたんだ？　誰かに聞いたの？）

柳が冗談めかして言っていたグループ会社を跨いでの情報網を、本当に有馬は持っているのかもしれない。実際、彼は紬の前の部署での仕事ぶりを、失敗やトラブルも含めて詳しく把握していた。

当時、紬が柳と交際していることを知っている人間は周りに何人かいた。紬が同僚の女子社員にうっかりしゃべってしまったのが原因だった。有馬が紬と柳の関係を調べたいと思えば、情報源はあるということだ。

しかし、なぜ有馬がそんなことに興味を持つのか。理由がないと思っている紬は、まだ首を傾げている。

「僕たちは、僕が別れようと言ったので駄目になりました。僕は金沢さんをふったんです」

有馬の端正な眉が僅かに上がった。

「僕は今、早まったなと思っています」

（え……？）

有馬と柳と、紬はどちらの言葉にも気持ちが追いつかないでいる。

「二年前の僕に言ってやりたい。この人をふるな。ふったら絶対後悔するぞって」

（柳君？　……どうして？）

後悔しているそぶりなど少しも見せなかったのに、なぜ急にそんなことを言い出したのか。紬には、熱のせいで柳の思考回路が暴走しているとしか思えなかった。

有馬が紬を見た。

紬の心を真っ直ぐに射る、強い眼差しだった。

「紬がふられたのか？」

「……はい」

「彼の方が紬を置いていったんだな」

「ええ……」

「彼には戻ってくる意志があるみたいだが、紬はどうしたいんだ？　以前の関係に戻りたいのか？」

紬には思いもよらない質問だった。紬はハッとした。有馬は今夜、紬に先約があったと勘違いしている。もしかしたらその約束の相手が柳だと思っているのかもしれない。

とっさに言葉が出てこない紬から、有馬の視線がスイと離れた。

「いい。何も言うなよ」

有馬の頑なな横顔に、答えはひとつしかないのに紬は言えなくなった。

「彼女の返事がどうであれ、紬を渡す気はない」

有無を言わせぬ響きが、紬の心を震わせる。

「行くぞ」

有馬が紬を促した。

「あまり無理はしないように。大事にしてくれ」

有馬は柳に言い置き、先に立って歩きだした。紬はどうしていいかわからず、突っ立ったままだ。

「金沢さん」

紬に呼びかける柳の声も、目を合わせた彼の表情も。やはり今彼が口にしたような思いを含んでいるようには感じられなかった。入社式で出会った時の、困っていた紬を助けてくれたあの柳だ。

「早く行って」

柳はどんどん遠ざかっていく有馬の後ろ姿を視線で差した。

「追いかけて」

紬は頷く。

「柳君、無理はしないで。しっかり身体を休めてね」

柳に対してほかに口にするべき言葉が見つからず、紬はそれだけ言って急いで有馬を追いかけた。

(有馬君!)

胸の鼓動が躊躇いながらも大きく打ちはじめる。


紬を渡す気はない。


揺るぎのない有馬の声が、紬のなかでまだ響いている。有馬の言葉を、言葉の意味そのままに受け取る愚かさを、紬は知っている。それでも鼓動は高鳴り続けている。

「遅い!」

有馬は追いついた紬の手をいきなり掴んだ。しっかりと繋いだまま、エレベーターに乗り込んだ。

幸い先客はいなかったが、誰かに見られては噂になる。有馬は社内恋愛を禁じられている身なのだ。

面倒な問題に発展しないとも限らない。

紬は手を解こうとした。有馬は逃がさない。無言でもめているうち、紬の肩から少しずつ力が抜けていった。誰に何を言われようとかまわないと言わんばかりに自分の手を握りしめて離さない彼の手に、紬は素直になりたくなったのだ。本心では嫌ではなかったから。嬉しかったから。

「このまま食事に行くの？」

「行かない」

「でも、話があるって」

「……」

何か言いたげな沈黙だったが、返事はなかった。エレベーターが止まった。有馬は戸惑う紬とは対照的な、まるで迷いのない足どりで歩きだした。

第五章　ラスト・ゲームのその先は

ゲームに勝ったから負けたからという理由もないのに有馬が紬を抱くのは、今夜が初めてだった。

有馬はゲストルームの扉が閉まった時から無口だった。

紬が離れるのを許さなかった手に、今度は寝室へと攫われる。

抱きしめられたと思った時には、紬の背中でベッドがバウンドした。どちらからともなく相手を求めて両腕を伸ばし、抱きしめあう。

「……んっ」

あまりに深く唇を重ねられ、紬の喉が鳴った。もっとと欲しがる彼の舌が、遠慮なく紬の唇をこじ開け入ってくる。

彼のキスが身体の芯まで響いてくるのは、百貨店のＶＩＰルームでの記憶が忘れられないでいるからだ。あの時、彼の教えてくれたキスの甘さと心地よさが、身体中の細胞ひとつひとつに刻み込まれている。

（有馬君の口のなかも熱い）

紬にはわかる。彼もきっと、あのキスを覚えている。

（……気持ちいい……）

自分がそうであるように有馬もまた記憶のなかのキスに囚われ、まるで今夜があの日の続きのように感じている。

「……ん」

何も言わない有馬の言葉の分だけ、口づけは深くなるようだ。口のなかを蹂躙する舌の柔らかく濡れた感覚が見えない手となり、紬の全身を撫で回している。うなじや乳房、下腹や太腿や……。彼が実際は触れてもいない場所までもが快感に甘く蕩けていく。

「ああ……」

紬がついた熱い息に、彼が零した息が重なった。まだキスをしていたくて、離れていく彼に伸ばした手を奪われた。有無を言わせぬ力で引っ張られ、紬はうつ伏せにされる。

（あ……っ）

腰に腕を回されを引き起こされた弾みに、身体の奥の秘めた場所が強く疼いた。スカートを捲り上げられる。ストッキングを下着ごと引き下ろされると、その場所が恥ずかしいぐらい熱くなった。

「有間……君……」

物欲しげに彼を呼ぶ声。

閉じた瞼の裏にチカチカ瞬くのは、ＶＩＰルームのやたらと眩しかった明かりだ。有馬は彼の選んだイブニングドレスを着た紬の前に跪き、太腿に口づけたのだった。

（あの時から私、ずっと待ってた）

焦れったかったあのキスの続きをしてくれる時をずっと待っていた。

（あなたが欲しくて堪らなかったの）

紬の思いに応えるように、有馬のたくましいものが剥き出しの秘花に強く押し当てられた。張りつめた先端が入ってきた瞬間、とろりと蜜が溢れたのが紬にもわかった。

「あ……んっ」

そのまま一気に貫かれ、紬の背が撓った。

思わず大きな声が出てしまい紬は恥ずかしかったが、彼も自分に負けないぐらい身体を昂らせているのがわかって嬉しかった。硬く猛った有馬の分身で、紬のなかはいっぱいに満たされている。

有馬は紬の腰を両手でしっかりと押え、大きく抜き差しをはじめた。

紬は前後に揺さぶられ、喘ぎが止まらなくなった。

シーツに押しつけた頬が擦れて熱くなる。

「……っ」

掠れた彼の呼吸も速いリズムを刻んでいる。

「んん……っ」

二度、三度と突き上げられ、紬の上半身が崩れた。

（こんな……奥まで……）

二人の身体がひとつに溶け合う幸福感を味わえるからか。紬は深いところまで届く彼に、自分でも戸惑うほどに感じてしまう。そうして幸せを感じれば感じるほど、悦びも見る間に大きく膨らんでいく。

「や……あ」

紬があまりの激しさに思わず逃げるように身を捩っても、有馬は許さなかった。まるで狙った獲物を狩る獣だ。紬が自分のものである印を刻みつけようとでもするように、分身で秘花を大きく押し広げ、隅々にまでその形を教え込む。

（嬉しい）

乱暴にされてもいい、真っ直ぐに求めてくれる彼が嬉しかった。心では愛されていなくても、身体は愛されていると信じられるから。それこそが今この瞬間、紬の手が届く一番の幸せだった。あれだけ紬を苛(さいな)んでいた別れへの恐れも、ほんのひと時の間遠ざかる。

もっと幸せを感じたい。

いつの間にか紬の半身は有馬に合わせて動いていた。いったん引かれ再び入ってくる彼を、自ら迎えに行く。身体を強く密着させ、もっと奥へと誘う。

乱れた二人の呼吸で部屋のなかが満たされた一瞬――紬は大きな悦びの波にさらわれ、昇りつめた。ほとんど間を置かず、紬の上に有馬の身体が落ちてくる。紬と彼の速い鼓動が重なった。彼も快感の余韻に浸っているのを感じ、紬はまた幸せな気持ちになった。

紬は固く閉じた瞼の向こうに、有馬が裸になる気配を感じた。有馬は紬を抱き起こすと、服を脱がせはじめた。さっきまで自分を激しく揺さぶっていた同じ男の手とは思えない優しさに、紬はされるがままになっている。

「紬の好きにさせる気はない」

ようやく口を開いた有馬にそう言われ、紬はドキリとした。

有馬は少しずつ露わになっていく紬の肌に、時々触れている。

「この身体を見ていいのは俺だけだ」

彼の指が紬の肩のまるみや乳房のふくらみを象(かたど)るラインを辿っては、また服に戻る。

「こうして触っていいのも俺だけだよ」

出会った時と変わらない優しさで髪を撫でられ、紬の胸は締めつけられた。

紬は目を伏せる。彼に隠れてそっとついた息が震えた。愛されていると思わせてくれる甘い台詞に、紬は酔っている。今だけは夢中になることを自分に許している。でも、決して惑わされてはいけない。希望や期待など見つけてはいけないのだ。

「紬に好きな男がいたとしても自由にはさせない」

有馬は言った。紬の心は騒いだが、

「だって、俺たちのゲームに三人目はいらないだろう？」

続く彼の言葉に、紬は悲しいけれど腑(ふ)に落ちた。

ああ、そういう意味だったのか。有馬が柳に紬を渡す気はないと言ったのは、復讐相手の事情など一切考慮するつもりはないということなのだ。そうすること自体が彼には復讐なのだと悟った。

有馬は裸にした紬を抱き寄せ、横になった。

「俺たちに三人目は必要ないってことを確かめようか」

内緒話をするように彼が囁いた。一度終わったはずの彼の分身が再び力を取り戻していることに紬は気がついた。落ち着きかけていた紬の体温が、一瞬で上がった。

「紬……」

こうやって身体を重ねているだけで、分身はみるみる張りつめ重みを増していく。

「紬？」

有馬はたぶん紬に聞いている。お前も俺と同じだろう？　俺がもっと欲しいのだろうと、言葉に出さずに確かめている。

（私は……）

紬は固く瞼を閉じた。本当はもう、とっくに紬にもわかっているのだ。さっきまでたくましいものを受け入れていた場所が燃えるように熱かった。蕩けるような快感の名残を激しく掻き立てられている。思わず両腿を擦り合わせたくなるような淫らな疼きに、逃げ出したくなる。

「恥ずかしいの？」

何も言えない紬の耳を、有馬が軽く噛んだ。

「……っ」

チクリとした痛みにまでひどく感じてしまい、紬はますます言葉を詰まらせた。

「いいよ、何も言わなくても。紬の身体が教えてくれるから」

優しい囁きとは裏腹に、紬の秘密を暴く手は強引だった。紬の脚を、両膝の裏に添えた手でグイとばかりに押し開いた。抵抗する間もなかった。

「……っ」

紬はとっさに顔を覆っていた。彼の瞳にどんな自分が映っているのか、想像するのも恥ずかしかった。彼に噛まれた耳もうなじも何もかも、真っ赤に染まっていることだろう。

「や……」

とっくに綻んでいる花弁を硬い先端で開かれる。きつく結んだはずの唇から吐息が溢れた。顔を覆って逃げているのに、紬の声は甘く上擦り悦んでいる。

「ほかの誰も入り込めないぐらい俺たちの相性がいいって証拠を教えるから……」

有馬の分身は秘花の上を滑るように動きはじめた。

「紬も教えて」

紬のなかに入ろうとはせず、有馬は浅い割れ目を何度も上下になぞっている。

耳に届く音が濡れていた。蜜の滑らかな感触が伝わるようで、紬は羞恥で今にも消えてしまいそうだ。

「また溢れてきた」

彼にすべてを見られてしまった。

「紬も俺と同じなんだな」

嬉しそうな有馬に、蜜に濡れそぼつ紬の秘花は苛められる。

「ん……っ」

紬の腰が跳ねた。有馬の先端が深く埋まると、一度目の時よりも大きな快感が沸き起こった。

「ほら、さっき終わったばかりなのに、俺たちはもうひとつになれる」

彼が紬のなかに入ってきた。

「……紬……紬……」

有馬はひとつになった紬を抱きしめた。

「有馬君……」

自分を隠していたはずの紬の両手も、いつの間にか有馬の背中に回っている。離れたくないと縋りついている。

「快いよ。紬のなかはとても気持ちいい」

じっとしている間も髪にキスされ囁かれれば、紬の悦びはまた膨らんだ。たとえかりそめであっても、今感じている快感と幸福はひとつに繫がっている。二つはどちらかが前になり後ろになりして、紬を高みへと引っ張っていく。

「紬は？　紬も快い？」

紬は有馬の胸で、今度は素直に頷いた。

「上書きはできた？」

（？　上書き？）

首を傾げた紬は「俺は紬の一番になれた？」と聞かれ、有馬が自分の過去の恋人をライバル視していたことを思い出した。


「俺よりイイやつはいた？」

「目的を果たすためには、その男より俺の方がイイことを思い知らせないとな」

紬の何もかもを奪って復讐するには、身体の相性も自分が一番でなければ目的は遂げられない。有馬はそう考えているのだろう。

（そんな相手、どこにもいないのに。私にはあなただけなのに）

けれど事実を教えれば、復讐がすでに成っていることを知られてしまいそうで。別れを宣告されるのが怖い紬はためらった。

「返事を聞かせて」

有馬は腰を大きく回すように動かした。紬の腿に短い震えが走った。爪先からとろりと溶けてしまいそうに気持ちがよかった。

「あ……う……」

もう一度大きく掻き回され、紬は喘ぐ。意識の外で紬の腰も、もっとと彼を誘うように揺れている。

やがて有馬は紬のなかをいっぱいに埋めたまま、またじっと動かなくなった。

「白状しなければずっとこのままだよ」

「い……や……」

「そんなに締めつけても、達かせてやらない」

意地悪なことを言われても、紬は我慢できずに彼を締めつけてしまう。

もっとして。

あなたが欲しい。

口にできない言葉を身体が伝えている。

「紬の一番は誰？」

「や……」

「言えないのか？　そんなに教えるのはいや？」

今度は別のやり方で紬を追いつめることにしたらしい有馬は、わざとだろう。とてもスローな動きで紬の内を苛めはじめた。

「駄……目……っ」

紬の両手が縋るようにシーツを掴んでいる。

ゆるゆると抜き差しされると、快感もゆっくりと滲むように広がっていく。硬く張りつめた彼の形をひどく生々しく感じてしまい、秘花が強く疼いた。

「……駄目……」

(おかしくなってしまう!)

焦らされるのは苦しい。でも、その焦れったさにたまらなく快感を煽られるのだ。紬は駄目と口では拒んでいるくせに、秘花を差し出すように何度も彼に押しつけた。

「もう……」

「終わりたい?」

紬が頷いても、ゆるりと紬をなぶる動きは止まらなかった。

紬は有馬に責められていると感じた。

(もしかしたら、柳君のことを?)

今夜、紬に柳との先約があったと勘違いしているらしい彼は、自分が上書きすべき相手も柳だと考えているのかもしれない。紬にとっての一番イイ男は、前カレの柳だと思っている?

「達かせてほしかったら教えて」

有馬は二人が繋がった場所に触れた。指が蜜に濡れたそこを優しく撫でると、一気に悦びが膨らむ。でも、あと少しのところで愛撫の手を引かれてしまう。それを何度も繰り返されて、紬は本当にどうにかなってしまいそうだった。

「こんなに感じているくせに、答えがでないの?」

彼は紬の秘花に埋もれた真珠を探し出した。もどかしげな指に小さく頭をもたげたそれを押し潰され、紬は頭のなかが白くなるほどの快感に貫かれた。息もできない。

「一番イイのは誰？」

どうしても答えが欲しくて問いかけるのをやめない彼に、紬の胸は締めつけられた。

「言えないのはなぜ？　……俺じゃないから？」

有馬の口調が苦しげに歪むのを感じた時――紬のなかで躊躇いも恐れも何もかもを振り切って、彼に本心を伝えたい思いが弾けた。

紬は有馬の首に両腕を絡ませ、抱き寄せた。

「一番は有馬君じゃない」

紬の囁きに、腕のなかの彼がピクリと震えた。

「だけど、有馬君なの」

有馬がまた震えて、頭を起こした。間近で紬を見つめる眼差しが、答えの意味を問うている。

「仕事場の有馬君といつもの有馬君、どちらにも抱かれたけれど、私はいつもの有馬君がいい。今夜の……私たちが出会った頃のままの有馬君がいい」

よほど意外な答えだったのか、有馬は一瞬目を見張った。何も言わずにただ紬を見つめている。

ふわりと紬は抱きしめられた。有馬だと答えたその答えごと包み込むような、優しい腕だった。

「上司の顔を崩さない時の俺は紬に復讐しようと、理性的であろうと努めている俺だよ」

（有馬君？）

「今夜の……、紬が昔から知っている顔をした俺は違う。復讐じゃなくて……」

その先の言葉を彼が呑み込んだのがわかった。

（復讐じゃなくて？）

有馬は何を言おうとしたのだろう？　紬は知りたかったが、彼は続く言葉をそれきり隠してしまった。

「紬……」

有馬はもう意地悪はしなかった。紬が待ち望んでいた悦びを与えてくれた。抱きしめる腕と変わらない優しさで、熱く潤んだ紬の花を愛してくれる。

「俺も紬がいい」

一夜の夢だとしても、なんて胸を高鳴らせる一言だろう。

有馬は自分の言葉を証明しようとでもするように、紬の身体を真っ直ぐに求めてくれる。

「紬が一番いい」

紬は有馬の欲望に激しく揺さぶられながら、彼の言葉の余韻に酔う。紬は嬉しかった。嬉しくて幸せで、とても悲しかった。幸せな気持ちが大きくなればなるほど、もうすぐ訪れるだろう別れも、もっと辛く苦しいものになる。

紬は繰り返し何度でも自分に言い聞かせてきた。どんなに心を乱されても、なんでもないような顔をしなければ。奪いつくされても、なにも奪われていないように振る舞わなければ。去っていく彼をポーズだけでも平気な顔をして見送らなければ。自分から進んでさよならを告げる強さがあれば、二度と立ち直れなくなる悲惨な結末だけは避けられる。

そう信じて頑張ってきたけれど……。もはや紬には、最後までやり遂げる自信がなくなっていた。

さっきまでシーツに縋っていた紬の両手は、今では彼と指と指とをきつく絡め合っている。

「紬……っ」

再び頂へと連れていってくれる彼に口づけられる時、紬の心を埋めつくしているのは、抱えきれないほどの有馬への想いだった。

どれほど甘い言葉をかけられても、どれほど抱き合っても、すべては復讐のための行為とわかっていて募る一方だった有馬への想い。

有馬君が好き。

あなたを愛しているの。

何ひとつ伝えないまま別れてしまうのは、あれだけ恐れていた結末よりも、もっと不幸なことのように紬は思いはじめていた。

「大切な話はしなくていいの？」

紬は部屋を出る時、思い切って有馬を振り返った。勇気を奮い起こさなければできない質問だった。大切な話が別れの宣告でない保証はどこにもないのだ。

有馬の視線は一度足元に落ち、次にはゆっくりと紬に戻ってきた。紬の目には、有馬のなかで何か強い感情が立ち上がったように映った。

「最後のゲームをしようか」

「最後……？」

紬は有馬を見つめた。小さく頷く。

（とうとう……）

とうとう終わりがやってくるのだ。紬の胸に、無理に穴をこじ開けられるような痛みが広がる。

「柳は……」

突然、柳の名前を出した有馬に紬は緊張する。

「柳は紬をふったことを後悔しているんだ。彼は紬とやり直したがっている。紬は言っていたな。見合いでも、良い相手が見つかればつき合いたいと。柳にはその相手になる資格は十分あるだろう」

「私は戻りたいなんて思ってない」

紬はすぐさま返したが、有馬は首を横に振った。

「この先、自分がどうなるかは自分でもわからない。高校生の紬もそうだっただろう。期間限定でいいから彼女にしてくれと言った紬は最後には俺をふったし、俺も自分が紬に復讐したいと思うようになるとは考えもしなかった。二人が再会してこんな関係になったことにしてもそうだ」

「ゲームの結果も誰にも予想できない。どうなるかわからないってこと？」

(私にはわかってる)

彼と目を合わせているのが辛くなり、紬は俯いていた。


紬のすべてを奪って捨ててやると告げた有馬と、有馬を返り討ちにすると宣言した紬の、復讐ゲーム。勝者はどちらか。


(私はわかってる。私とあなたは一瞬でも競ったことはない。最初から勝者はあなただということを)

紬がまとった鎧は、もはやぼろぼろだった。これ以上、クールを気取って戦えない。ほとんど剥がれかけているのにまだ重たくまとわりついているそれを、いっそ脱ぎ捨ててしまいたい。

紬はすべてを告げたい衝動に駆られた。真実（ほんとう）の気持ちを伝えた瞬間、有馬の復讐は成り、二人の関係が終わってしまうとしても。

紬は告白しようと思い切って顔をあげた。だが、有馬のあの険しい表情にぶつかり口を噤（つぐ）んだ。

「ゲームを終わらせよう。そうしなければ、俺たちはずっとこのままだ」

紬は喉まで出かかっていた愛しているの言葉をそっと呑み込んだ。

紬は思い出した。有馬のあの表情を、昔も見たことがあった。七年前、縁切り様と呼ばれる小さな祠の前で彼とさよならした時だ。涙でぼやけた紬の瞳に映った有馬は、微かに眉を寄せていた。それまで見たことがなかった険しい表情を貼りつかせた彼は、紬の理不尽な態度にプライドを傷つけられ、静かに怒っていた。

彼の気持ちはあの日と少しも変わっていないということなのだろう。

有馬の言うこのままの関係とは、彼が最初に紬に投げかけたセックスフレンドの関係だ。ゲームを続けるための、身体だけの関係。紬がそれでもいい、彼と一緒にいられるならといくらわがままな願いを抱いたところで、彼には受け入れられないだろう。この先、待ち構えている結末も変わらない。

「最後のゲームは俺の仕掛ける本当の宝探しだ」

紬は自宅へと揺られる電車のなかで、有馬と交わした不思議な会話を思い返していた。

「最後のゲームは俺の仕掛ける本当の宝探しだ」

「宝は有馬君が隠したってこと？」

「そうだ」

「本当のってなに？　よほど高価なものなの？　この間見つけたお祖母様の形見よりも、もっと？」

「いや。本当の、の意味は、俺にとってだけ価値がある品物ということだ」

「有馬君にだけ？　何なの？」

「隠し場所のヒントはセンターのどこかにある」

「宝物が何かは教えてくれないの？　それで探せって難しすぎない？」

「紬にヒントが見つけられるかどうかは、俺にはわからない。最後のゲームは、俺にとっては賭けなんだ」

「賭け？」

「俺が復讐を遂げられたかどうかは、紬がその品物を見つけた瞬間にわかる。俺にも紬にもきっとわかるはずだ」

いったいどういう意味で、有馬は賭けという言葉を使ったのだろう？
宝物が何かの見当もまるでつかないのに、ヒントなど見つかるだろうか？
結局、告白の機会を失い、今もまだ彼の前では頑張って冷静なお姉さまキャラを演じているが、

「……」

紬が視線を落とした先には、バッグを抱えた自分の両腕があった。じっと何かに耐えるように強く抱きしめている。

（なんだか……息ができない）

視界に映るものがぼんやり滲みはじめた。泣きたくなるほど辛いのは、彼と離れたくないからなのか。それとも彼への想いが行き場を失くしてもがいているからなのか、紬にはわからなくなっていた。

紬はほとんど途方に暮れていた。
ヒントを探して館内を当てずっぽうに、でも隈なく歩き回り、収穫はゼロだった。紬の目に見慣れたリカバリーセンターの建物が、どこまでいっても標のひとつもない大海原のごとく映っていた。自分が探しているのは魚か鳥かすらわからないのだ。これで有馬が宝を見つける方に賭けているとしたら、無謀としか思えなかった。
有馬に宝探しのミッションを与えられてから、あっと言う間に一週間が過ぎていた。その間、彼と

はゲームの話は一切しなかったが、紬の報告を待ちきれずにいるのは感じていた。ヒントさえ見つからないことに、紬以上に焦り、落ち込んでいるように見えた。

宝探しのことを考えてだろう。紬は有馬のスケジュール管理を除いた秘書の仕事からはいったん解放されていた。かわりにセンターの仕事やセンターでもできる作業を頻繁に任されるようになった。

今が盛りの庭園の紫陽花（あじさい）が一階の受付カウンターに飾られたその日もそうだった。紬は頼まれた資料の作成を半分ほど進めた後、昼食もそこそこにもう何度目かもわからなくなった館内探索の旅に出かけた。

そして——ついに見つけた。もしかしたらヒントになるかもしれないものを。

（この廊下だって何度も行ったり来たりしたのに、どうしてすぐに気がつかなかったんだろう？）

別館一階の、非常口に向かう普段からほとんど人気のない通路の端っこで、紬は足を止めていた。目の前の壁には例のグループ会社社員によるアート作品が展示されている。全部で四点。おそらく一週間前までは、別の作品が掛かっていたはずだ。

（やっぱりそうだ。あの人が撮ったんだ）

四点は写真による連作だった。撮影者の名前はない。

最初に目に留まったのは、光。その日その時その場所に降り注ぐ陽差しを、もうひとつの太陽のように白い光の珠としてフレームのなかに取り込む手法は、紬が秘かにファンを自認する社員カメラマンのものに間違いなかった。ただしこの四点は、一番の魅力でもある光の力が弱かった。だから、その人の新作だと気づくのが遅れたのだ。

次に引っかかったのは被写体だ。写っている場所に見覚えがある気がした。

「どこだろう?」

四点の写真は、おそらく同じ場所を角度や距離を違えて写している。

(ここが宝物の隠し場所ってことよね?)

誰の家の近所にも探せば見つかりそうな、緑のある風景。目印となる人物や建物などは見当たらない。フレームのなかは四方に伸びた梢と、その梢を豊かに飾る新緑の葉で埋められている。

「どこだっけ?」

紬は記憶の倉庫を片っ端からひっくり返してみる。

(やっぱり行ったことがある気がする。木の密集具合とか枝振りの感じとか、知っている気がする)

紬の日常に溶け込むなんということもないどこか。それでいてとても大切な場所のような……?

「あっ」

自分でも驚くぐらい大きな声が出てしまい、紬は思わず口を押えていた。

(たぶん……、ううん、間違いない!)

紬は一歩下がってもう一度写真を見直した。やはり、たった今思い当たった場所に間違いなかった。

(どういうこと?)

紬は混乱していた。自分がどんな状況に置かれているのか、考えれば考えるほどわからなくなったからだ。こうなったら——

「行くしかない」

腕時計で時間を確かめる。昼休みはすでに終わっていた。有馬のスケジュールは頭に入っている。今日は午後一番で大事な取引先の担当者と遅めの昼食をとっているはずだった。私用での電話はできない。

紬は有馬に早退する旨のメールを出すことにした。迷った末に一文を付け加えた。


とうとうヒントを見つけました。

乱れた気持ちが指先にまで伝わり、メッセージを上手く打つことができなかった。


（どういうことなんだろう？）

午後の薄日が紬のスーツの肩に斑模様を描いている。紬はあの写真に撮られた緑の梢の下を、目指す祠に向かって足早に歩いていた。振り返ると母校の校舎の、素っ気ない灰色の壁や屋上が見えた。今も生徒たちはこれから行く社を縁切り様と呼んでいるだろう。

小道の先に社殿と呼ぶには可愛らしすぎるサイズの祠が姿を現した。狛犬もいないし境内もないが、地域の人たちよって大切に守られてきた神様だ。

紬にとってはもちろん、懐かしいの一言で済ませることのできない場所だった。

紬の心に高校生だった有馬とのたくさんの思い出が、この時を待っていたかのように溢れてくる。

彼と交わした会話までもが息を吹き返す。

まるで昨日のことのように、記憶のスクリーンに映し出される。


ここは、奇跡の七日間に紬自ら幕を引いた場所だ。

有馬をふったのではなく、真実(ほんとう)はふられた場所。

そうして有馬への想いを必死で振り切ろうとした、忘れられない場所だった。


リカバリーセンターで見つけた連作写真は、紬をこの道に導き、社に向かわせるためのものだった。

でも、なぜ社が最後のゲームの舞台になるのだろう？　そもそも正体不明のカメラマン氏がどうしてこのゲームに協力しているのか、紬には謎だった。

（ひょっとして……？　名無しのカメラマンの正体は有馬君だった、とか？）

だとしたら、なにがどうなっているのかますますわからなくなる。ひとつだけはっきりしているのは、

（彼の宝がこの場所のどこかに隠されてるってことね）

紬にはわからないことだらけだけれど、宝物をどうしても見つけたくなった。

有馬は言っていた。「俺が復讐を遂げられたかどうかは、紬がその品物を見つけた瞬間にわかる。俺にも紬にもきっとわかるはずだ」と。

彼が何を隠したのか。正直、知るのを恐れる気持ちはあった。だが、自分のためにも有馬のためにも必ず見つけなければならないのだ。

「次のヒントがどこかに……」

紬はあたりを見回した。気にかかるものは何もない。となると探せそうな場所は見慣れた祠ぐらいだ。扉は施錠されているが、台座の下やその台座の周囲を固めたの石組みの隙間や、小さいものなら隠そうと思えば隠せないことはなかった。

(そうすんなりいくかなあ?)

紬はまだ考えている。

(有馬君のことだもの。答えを見つけるのに一筋縄じゃいかないんじゃない?)

紬は祠を前に、今やすっかり蘇った有馬との七日間の思い出をひとつずつ手繰りよせている。隠し場所に繋がる手がかりが記憶のどこかにないか、探ってみる。

(先に縁切り様の話をはじめたのは有馬君だった)

有馬が実はホラーが苦手だとカミングアウトした日のことだ。映画が終わった後、お昼を食べに入った洋食屋でのおしゃべりだった。

「俺、血も殺人鬼も駄目だけど、究極の恐怖はどうやら暗闇みたいなんだよね。ホラーは画面の暗いシーンが続くだろ。そこからしてぞわっとくるわけ」

そう説明して身を縮めた彼が例としてあげたのが、縁切り様だった。

「なんでその名で呼ばれるようになったのか、紬は知ってる？」

祠が立つ前から、この地方に伝わる昔話がはじまりだという。許嫁（いいなずけ）の女が嫌になり、婚礼から逃げ回っていた男がご神木に助けを求めた。ご神木は男の願いを聞き届け、十月十日（とつきとおか）の間、男をその胎内に隠すことで女との関係を絶ったという。

「ご神木のなかは一筋の光も差さない、物音ひとつ聞こえない真の暗闇なんだぜ。そんなところに十カ月も閉じこめられるなんて地獄だろ」

有馬は男の身の上に同情していたが、紬はひとりぼっちになった許嫁を哀れに思った。男を愛していただろうに、ある日突然、捨てられたも同然の別れに追いやられた彼女に、いつまでも有馬と一緒にいることのできない自分の姿を重ねたのだ。


「けど、祠の神様にはいい迷惑だよな。昔話にはイッコも関係ないのに縁切り様って」

「うん……」

「俺の友達にも縁切り様のおかげで別れられたって喜んでるのがいるよ。迷信を逆手にとるやつもいて、そっちにもマジ感謝されてるって聞いたけど」

「……そう」

有馬の彼女でいる幸福に浸っていた頃だけに、余計に捨てられた女に気持ちがシンクロしたのだと思う。彼との会話も上の空になってしまうほどに。

(現実の別れは想像していたよりも、もっと苦しかったけどね)

紬は祠の前で立ちすくむ。

七年前のあの日から一度も訪れたことのない、訪れたいと思ったこともなかったこの場所に足を踏み入れれば、時計の針は易々(やすやす)と巻き戻る。

「最後まで一樹って呼んでくれなかったな。そこまで夢中じゃなかったってことか」

有馬の最後の声が、最後の一瞬に見た彼の表情が蘇ってくる。

紬は改めて思い知っていた。有馬への愛情が、あの頃とは比べものにならないぐらい深く重たいものに育っていることに。

『俺のカノジョになっちゃう?』

(もしも今、同じ言葉をかけられたら?)

紬の心までも揺らして、ざわりと風が吹き抜けた。紬は我に返ると、両手で頬を挟んで叩いた。有馬への感情に溺れてしまいそうな自分を現実に呼び戻す。

（今は宝探しに集中しなくては）

紬は祠のほぼ真後ろに立つ木を見やった。このあたりの木々のなかでは一番年月を重ねていそうな風格があった。

「あれがご神木かな？」

昔話のなかに出てきたご神木が実在したのかどうかも不明だし、もし存在したとして今も在るかどうかはわからない。紬が高校生当時から注連縄（しめなわ）などは飾られていなかった。

紬が考えついたのは、昔話の主人公が隠れていた場所だ。ご神木の胎内だと言っていた。

紬はその古木を見上げた。生い茂った緑に邪魔をされ、天辺（てっぺん）までは見通せない。

（宝物はこの木のなかってことはない？）

たとえば虚（うろ）があって、そのなかに隠されているのでは？

探してみると、それらしき穴が幹に口を開けているのが見えた。

「あ……」

穴の近くに巣箱があった。

（そう言えば……？　有馬君が指輪を見つけたのは巣箱のなかだったんだよね）

虚のなかか、巣箱のなかか。紬にはもう、そのどちらかが正解としか思えなくなっていた。しかし、両方とも高い場所にあり、覗いて確かめることはできない。もう一度あたりを見回してみたが、梯子（はしご）の代わりになるようなものもない。

（なんとかならないかな）

紬は首が痛くなるほど古木を見上げ続けている。このまま引き上げる気には到底なれなかった。ゲームの結末まであと一歩のところまできたと思うと、胸の鼓動は高鳴るばかりだ。

「……うん……頑張れば登れそう…」

早く早くと急く気持ちに突き動かされ、紬は冷静に考える頭を失くしていた。紬の目には目指す虚や巣箱までが、ちょっと頑張れば登れそうな距離に映っていた。

いくら手掛かり足掛かりになりそうな枝や幹の凸凹が目についたとしても、クライマーでもなんでもない紬には無謀な挑戦だった。しかもスーツ姿で、ローヒールとはいえ踵（かかと）のある靴を履いて――となれば、失敗しない方がおかしかった。それでも宝物を見つけたい一心で、中途半端に登れてしまったのが悪かった。自分の身長より高いところにしがみついていた紬は、

「あっ」

案の定、バランスを崩した。身体を引っ張りあげようと踏ん張った足が滑ったのだ。頭を後ろに引っ張られるようにして、背中から落ちた。

（？　あ……れ？）

紬はとっさに閉じた目を恐る恐る開いた。覚悟していたほどの衝撃がなかったからだ。何か柔らか

いものを下敷きにした感覚があった。

「いっ……」

紬の下で誰かが呻いている。慌てて振り返った紬は、声もなく彼を見つめた。

「なんて無茶なことするんだよ！　寿命が縮んだぞ！」

クッションになって紬を受け止めてくれたのは、今頃は大事な会食の場にいるはずの彼だった。

「この場所に辿り着いたのなら、祠を探すのがセオリーだろ。なんでいきなり木登りなんだ。間に合ってよかったよ。怪我すると思って、ほんと、心臓が止まりかけた」

有馬はあきれ顔に安堵の入り混じった、泣き笑いのような表情をしている。

(有馬君だ)

今ここにいるのは本当に、本物の有馬だった。

「だって……」

(どうしても宝物が何かを知りたかったから)

紬は訴えたかったが、胸がいっぱいで言葉が出てこない。七年前の二人が別れたあの日に、彼が戻ってきてくれたようだった。

「……だって……」

紬の胸を塞いでいるのは、出会ってから今日までの日々、積もり続けた有馬への想い。

思い出のこの場所に足を踏み入れ弾けそうに膨らんでいたそれが、戻ってきてくれた彼の顔を見たとたん堰を切って溢れてきた。

「……っ」

溢れた想いは涙に変わる。

もう駄目だった。張りつめていたものがプツンと切れた。纏い続けてきたクールの鎧がぽろぽろと剥がれ落ちる。

「紬?!」

紬のスーツの胸を濡らす雫に気づいた有馬が声をあげた。

「大丈夫か？　どこか痛むのか？」

有馬は慌てて紬の顔を覗き込む。と……、その手からするりと滑り落ちたものがあった。

（えっ？）

紬は濡れた目を見開いた。

有馬は紬の視線を追いかけ、それを拾い上げた。


手のひらの上の群青色の三日月。

金色の満月とひとつに合わせれば太陽に変わる、ペアのペンダント。

忘れもしない、彼が二人の思い出にと買ってくれた……。

「これは宝物の片割れだよ」

「た……からもの……の？」

紬は涙に邪魔されながらも懸命に尋ねた。頭のなかが疑問符だらけだった。

「紬が探していたのは、ペアのもう片方だ。紬が持ってた満月の方。俺が祠の下に隠した」

「うそ……。私……」


私は捨てられたとずっと信じてきたの。


声にならない紬の思いをすくいあげるように、有馬は言った。

「七年前のあの日。紬にここでペンダントを突き返されて、俺は捨てたかった。でも、どうしても捨てられなかった。だから、これは俺にとっての宝物なんだ」

濡れてぼやけた紬の瞳に、有馬の真摯な表情(かお)が映っている。

「ペンダントは紬にねだられたからじゃない。本当は俺がどうしても二人でつけたくて、買って贈ったものだ」

紬の胸は震えている。

何かが大きく変わりそうな予感がしていた。

「もしそのペンダントをもう一度手にしたら、また俺に突き返す？　それとも君も宝物にしてくれる？」

彼の口調は、あの日とはまるで違っていた。軽い気持ちで口にしているようなふざけた響きは微塵（みじん）もなかった。

「七年前と同じ質問をしたら、今度は違う返事をくれる？」

紬は美しい群青色の月を見た。

今こうして眺めれば、それはいかにも高校生の小遣いで買える範囲の安っぽいものだった。デザインにも色にも、乙女チックな可愛らしさとままごとめいた子供っぽさとが入り混じっている。でも、たった七日間でも彼の恋人になれたあの頃の自分の純粋な喜びの結晶のようで……。紬の目にはどんなものよりきらきらと輝いて映った。

「……っ」

また涙が頬を濡らした。

『七年前と同じ質問をしたら、今度は違う返事をくれる？』

彼の言葉の意味は伝わったのに。

彼の求めているものを知ったのに。

いったいどんな言葉に変えれば彼へと届くのか。

伝えたい想いがあまりに大きくて、すんなり出てきてくれない。

「その涙はどっちの？」

低く強張った声だった。有馬は緊張している。紬が自分を身勝手なやつだと泣くほど怒っているのか。それとも七年前とは違う返事ができることが嬉しくて、泣いているのか。紬しか知らない答えを緊張して待っている。

「そうだよな。君にもう一度贈りたいのは、こっちのペンダントじゃないんだ。満月の方をちゃんと渡して話をしなければ、俺の気持ちがいい加減だと疑われてもしかたがないよな」

有馬はふっと肩を落とした。

「待っててくれ。今、取ってくるから」

有馬は急いで立ち上がろうとした。が――次の瞬間、小さく声をあげ、腰を下ろしてしまった。

「かっこ悪い……」

大きなため息と一緒に後ろに引っくり返った。

「有馬君？」

「足を捻（ひね）った」

「え……」

「左の方、さっきからズキズキしてるとは思ったけど、たぶん歩けない」

「ごめんなさい！　私のせい……」

紬が言い終わらないうちに、いいよと彼は首を横に振った。

「俺が好きでしたことだ。どうやら俺は、君の前ではヒーローを気取りたい男らしいから」

紬は救急車を呼ぼうと言ったが、彼はそれには答えずまたため息をついた。

「実は目も回ってる」

有馬は片方の腕で、両目を覆い隠した。

「たぶん熱もある」

失敗した自分にがっかりしている子供みたいな仕種だった。

「体調を崩したのは、ゲームの行方が気になって何日もろくに眠っていないせいだ」

有馬は告白する。

「もし君が写真を見つけてもどこを写したものか、ヒントに気づいてもらえるかどうかはわからない。俺には賭けだったんだ。賭けに勝たなければその先はなかった」

賭けに勝っても、有馬の宝が何かを知った紬はどうするのか。自分の元から去っていくのか、戻ってくるのか。有馬は二人の未来を紬の気持ちに委ねようと決めていたという。

「だが、今朝、鏡に写った自分の顔を見た時に気がついたんだ」

そこには、紬に去られたショックに打ちのめされ、苦痛に沈んだ表情（かお）をした七年前の自分がいた。

「十八の時と同じ間違いをおかしていると気がついた」

「間違いって？」

紬は大の字になった彼のかたわらにぺたりと座り込んでいる。

まだ彼の姿が水彩画みたいに滲んで見える。

有馬の声はふわふわと、夢のなかの音楽のように遠くから聞こえてくる。

「俺はいつも臆病者だった。ふられた現実と真正面からぶつかる勇気がなかった高校生の俺も、今も、肝心な言葉を紬に伝えていなかった。紬にさよならを告げられたあの時に、追いかけて捕まえてでも伝えるべきだったのに。逃げた自分自身に復讐されて、俺はそれから七年も無駄にしたんだ」

有馬はヒントが見つかったことを報せる紬のメールを読んだ時、ゲームを中断しようと決めた。二人の未来を紬一人に託すなど卑怯だったと、自分を恥じた。

「ゲームをどう終わらせたいか、俺がずっと抱いてきた気持ちを紬に知ってもらわなければ何もはじまらない。そう思って飛んできたのに……」

肝心な時に情けない。何がヒーローだ。かっこ悪い。

有馬の呟きは、熱いため息に溶けた。

「紬……」

有馬の目隠ししていない方の手が、紬を探して伸びてきた。

引き合うように彼へと伸びた紬の指と、有馬の指が重なった。

「この体たらくでは本気じゃないと疑われてもしかたがない。俺がきちんと君と向き合って話せるようになったら、七年前に戻ってやり直したい。もう一度、大切な質問をするチャンスをくれないか」

びっくりするほど強く握ってくれた有馬の手の甲を、またポツンと紬の涙が濡らした。

第六章　告白をもう一度

紬はいまだ頭のなかがふわふわしていた。縁切り様で有馬に言われた言葉をひとつひとつ思い出してみるのだが、幻の蝶々（ちょうちょう）でも追いかけているようで、捕まえてもすぐに手のなかから消えてしまう。現実感がないとは、こういう感覚を呼ぶのかもしれなかった。

すべてが夢のなかの出来事に思われるのは、あれから有馬に会えていないのもきっと理由のひとつだ。彼の目を見てもう一度同じ言葉を聞きたい、確かめたいと願っても、できない日々が続いている。

有馬の捻挫は本人が考えていた以上に重傷だった。即日入院、その後、退院まで二週間。今は大事をとって自宅療養に入っていた。もともと過労の気があったということで、父親にこの機会に健康を取り戻すよう厳命されたのだ。

身体の好不調は仕事にも影響を及ぼす。上に立つ者は健康管理も大事な責務だと説教されたと、有馬は電話で反省しつつもぼやいていた。

病院にしろ自宅にしろ有馬一族がひっきりなしに出入りしているため、紬に余計な迷惑をかけたくないという理由で、見舞いは止められていた。電話も仕事に必要な連絡を二、三度取り合っただけだ。

紬は一日も早く有馬と会いたかった。

自分のせいで怪我をさせたことを改めて謝りたかったし、彼が健康を取り戻しつつあるのをちゃんと目で見て安心したかった。もちろん会いたい一番の理由は、もう一度やり直したいと言ってくれた彼の言葉が夢でも幻でもないことを確かめたいからだ。紬は自分も同じ気持ちだと、早く彼に伝えたかった。

「美和ちゃん？　夜遅くにごめんね。ちょっと聞きたいことがあって」

有馬のことで頭をいっぱいにしていたある晩、紬は散々迷った末に高校時代の友人に電話をかけた。有馬の自宅の場所を知るためだった。

交遊関係の広さでは周りに敵う者のいない美和ちゃんは、昔も今も情報通だ。卒業後も時々一緒に遊んでいる彼女こそが、当時、有馬に本命の恋人がいることを教えてくれた人物だった。彼女の知り合いが有馬の家の近所に住んでいて、年上らしき恋人の姿を目撃したのだ。

『有馬君、その彼女の運転する車で帰ってきたんだって。高校生にはとてもハンドルを任せられない高級車だったし、彼女はばっちりスーツで決めてて、いかにも仕事ができそうな雰囲気だったたって』

美和ちゃん情報によれば、別れ際、高校生の有馬は運転席にいた年上のその女性と窓越しにキスしていたという。

紬は年上の人について有馬に尋ねたことはなかったけれど、あの頃、誰かが彼の隣にいたのだろうとは思っていた。七年経ってその女性との関係はどうなっているのか。紬はずっと心の片隅に引っかかっていた元恋人の存在を、今はもう過去のものとして片付けたつもりでいたのだが――。

「有馬君の家？　どうして知りたいの？」

不思議そうに尋ね返した美和ちゃんは、紬が現在有馬の秘書をしていると知って驚いたが、電話越しにも何かを察したのだろう。切羽詰まった様子の紬を、いつもの好奇心いっぱいの質問攻めにはしなかった。

「紬は覚えてる？　高校生の頃、有馬君に年上の彼女がいたの。たぶんその人じゃないかって女の人をね、ついこの間も彼の家の前で見かけたって聞いたよ」

電話を切る寸前、「いらない情報かもしれないけど」と前置きしてから教えてくれたのは、彼女なりの気遣いだったのかもしれない。

スマホを手にした紬の胸で、鼓動が不安げに揺れている。

(たぶんってことは、絶対じゃない。目撃した美和ちゃんの友達だって、七年ぶりに見たんだろうし。昔の彼女に似た誰かだったんじゃないかな)

「絶対にそう」

紬は声に出して自分に言い聞かせた。

（落ち着こう）

紬は頼りない鼓動を励まそうと、しばらくの間、胸に手を当てていた。

七年前の真実がどうであろうと、有馬がもう一度やり直したいと言ってくれた時、すべてを白紙に戻したのだ。いつまでも気にかけているのは、有馬が原因ではなく自分の問題だ。

（私は有馬君を信じているもの）

七年前は彼を信じたい気持ちを貫けなかったが、今は違う。

もしも彼女が目の前に現れたなら、試されるのは彼ではなく紬自身だ。彼への愛が本物か、一時の感情に流された紛い物か。自分に課される最後の試練だと紬は思った。

その日、真っ先に紬の目を惹いたのは、運転席に乗り込んだ女性の靴だった。

梅雨時の暗い空気にくっきりと映える、真紅のパンプス。

有馬家のガレージの前に停まっていた車は、すぐに紬がいるのとは逆方向に走り去って行った。

ケーキボックスを提げた紬の手に、思わず力が入った。有馬と二人で食べようと、近所で美味しいと評判のタルトを買ってきた。

（あの人も有馬君のお見舞いに来たのかな）

微かに毛羽立つ心に気がつかないふりをして、紬はインターフォンを鳴らした。

以前、有馬に聞いたことがある。夫婦とも還暦を迎えた彼の両親は、終活も兼ねたコンパクトな生活がしたいと、希望に叶うマンションを買って移ったという。

現在、かつては家族三人で住んでいた広い家に、彼は一人暮らしをしている。ただし、お手伝いさんは定期的に通ってくるという話だった。

紬がインターフォンを押すと、

『えっ？』

モニターで紬の顔を確認したのだろう。

『今行くからちょっと待ってて！』

有馬の慌てた声がして、ほとんど間を置かず彼が門まで迎えに出てきた。

「連絡も入れずにごめんなさい」

「いいけど。俺の家、知ってたんだ？」

「うん……。心配で、出社するまで待てなかったの。ごめんなさい」

「心配かけて、こっちこそごめん」

二人を包む空気はもう、互いを意識しつつも気の置けなかった出会った頃のものに戻っている。

有馬はパジャマ姿ではなかった。ナチュラルカラーのシャツに細身の黒のパンツと、家で寛ぐにふさわしい服装だった。チャラいと言われた高校時代の彼が、少しだけ顔を覗かせている。

「足は大丈夫なの？」

先に立って歩く有馬は、一見どこも痛めていないように見えた。

「正直、違和感はまだあるんだ。でも、仕事をするのに問題はない。来週には復帰できる予定だ」

「熱は？　体調はすっかり戻った？」

「ああ」

「よかった」

紬は安心した。ほっとしたのは、怪我の快復だけが理由ではなかった。有馬が自分の突然の訪問を迷惑がっていないのがわかったからだ。

（よかった。このままゆっくり話ができるなら、私の気持ちを伝えよう）

「どうぞ、入って」

広々とした玄関だった。本革を使ったブランドもののスリッパが二人分並べられている。なかを見て回らなくてもこの場所に立っているだけで、贅沢な家の造りが想像できた。一度だけ連れて行ってもらった有馬家の別宅も、邸宅と呼ぶにふさわしい立派な一軒家だったことを思い出した。

「ありがとう」

紬は部屋に案内してくれる有馬の背中に言った。

「有馬君のおかげで私はかすり傷ひとつ負わなかったの。本当にありがとう。ちゃんとお礼を伝えてなかったよね」

「いいって言っただろ」

有馬は部屋の扉を開けた。

「俺は紬の前ではいつもヒーローみたいにカッコ良くありたいんだよ」

「カッコ良かったよ」と言いかけ、紬はハッとした。

急に黙り込んだ紬を有馬が振り返った。

「どうかした？」

「ううん……。なんでもない」


部屋に一歩入った時、ふわりと紬の頬を撫でたのは、かつて嗅いだ覚えのある香りだった。

忘れもしない、大人の女を思わせる甘く華やかな匂い。

高校生の彼に淡くまとわりついていた、年上の彼女の移り香。

紬の脳裏を、目が覚めるように鮮やかな真紅が過った。

車に乗り込んだパンプスの主（あるじ）は誰？


「紅茶でいい？」

そう聞いた彼がテーブルにあった一組のカップ＆ソーサーを片付けるのを、紬の視線が追いかける。

「紬？」

「え？　あ……、なに？」

「珈琲の方がよかった？」

「あ、ううん。紅茶で……」

紬は手にしたケーキボックスをテーブルに置いた。

「淹れてくるから、適当に座っててくれ」

「お手伝いさんは？」

「午前中で帰った」

有馬は紬を置いて扉を出て行った。客間だろう部屋は白と黒ですっきりと統一され、置かれた家具の数も少なくシンプルなデザインのものばかりだったが、センスの良さからくる高級感には特別なものがあった。

紬は強く唇を結んだ。

あの香りが意地悪くまだ鼻先に残っている。香りは紬が封じてきた記憶を招き寄せる。有馬は自分の眠るベッドの隣で、彼女に愛していると囁いていた。

『紬は覚えてる？　高校生の頃、有馬君に年上の彼女がいたの。たぶんその人じゃないかって女の人をね、ついこの間も彼の家の前で見かけたって聞いたよ』

美和ちゃんの声が紬の耳元で囁く。

閉じた瞼の裏でチカリと、パンプスの真紅が光になって弾けた。

(彼女がここに?)

紬はいったんは座ったものの、すぐに立ち上がり部屋のなかを見回していた。カップのほかにも彼女がいた痕跡はないか。見つけたくない、見たくもないものなのに、探さずにはいられなかった。呼び覚まされた香りの記憶が、年上の彼女と真紅いパンプスの女を強く結びつけてしまっていた。

(あれは?)

窓際に上品なライムグリーンの花瓶があった。

白ユリと赤薔薇がたっぷりと、零れ落ちんばかりに花弁を開いている。

あれは彼女が持ってきて、手ずから生けたものではないだろうか?

次にサイドテーブルの上のペーパーバッグに目が留まった。近づいて手に取る。黒地に入った金色のロゴは、マスコミにもよく取り上げられる高級洋菓子店のものだった。

紬のなかに、またもや昔、美和ちゃんに言われた言葉が蘇ってくる。

『彼、将来は大企業のトップの椅子が約束されてるプリンスだもんね。セレブなお嬢様のお知り合いもたくさんいるんじゃない』

あんなゴージャスな花束を抱えて絵になる女性だ。

お見舞いの品を、徒歩十分のところにある店で用意したりしない。

こんな広い家が二軒もあるのにマンションまで購入できる家族と、釣り合いのとれた生活をしている人。

彼女こそが本物のクールなお姉さまだった。

（本物はきっと、こんなふうに泣いたりしないんだ）

紬は自分がこんなに泣き虫だとは知らなかった。

涙は目尻に溜まっている。かろうじて踏み留まっているのは、流す必要のない涙だとわかっているから。

（私は有馬君を信じてる）

花束の主が彼の元恋人だったとしても、今は気軽に行き来のできる友達関係を築いているのだろう。紬はそう信じている。けれど……。子供の頃にしか流した覚えのない涙は、有馬のこととなると簡単に零れてしまう。

紬は恋をすることで、有馬を想い続ける強い自分を見つけた。そして、恋をすることで、紬はとても弱くもなった。彼を愛しているからこそ生まれる妬みや僻み、迷いや不安や……。そうした負の感情にいともたやすく振り回される。脆くなった心はすぐに傷つくし、涙腺もあっと言う間に壊れてしまう。

こんなにも弱くなってしまった自分を有馬には知ってほしい。受け止めてほしい。

「待たせてごめん」

紬の背中で扉が開いた。テーブルにカップを並べる音がする。

「こっちへ来て座れよ」

紬は手元のバッグに目を落とした。型押しされた花模様が美しいケーキボックスは、紬の持ってきた平凡な白いボックスとは違い、まるで工芸品のようだった。

「どうかした？」

彼が近づいてくる気配がした。

「このケーキも美味しそう」

「ああ、それ……」

「私もお見舞いを持ってきたの。有馬君、果物が好きだったでしょう。近所のお店のだけど、さくらんぼのタルト」

「ありがとう」

有馬はたぶん、さっきから自分に背を向けたままの紬に戸惑っている。

「私のを先に食べて」

おかしな間が空いた。なんと答えればいいのか、有馬は正解を探している。

「あの花を持ってきて生けた人と同じ人なんでしょう？」

「え？」

「だったら、私のを先に食べてほしい」

たったそれだけのことで、弱い私は安心できる。まとわりつく負の感情を振り払える。

「こっちを向いて」

有馬の手が紬の肩にかかった。優しい力で彼の方を向かされた。紬は抗わない。

「さっきから様子がおかしいと思ったら、嫉妬してくれてるの？」

有馬は紬の顔を覗き込むようにして、目元に口づけた。滲んだ涙をキスで拭ってくれた。最後の最後まで紬の心にぶら下がっていた鎧のかけらが砕けて落ちた。

「可愛い人だなあ」

どこか切なげに、苦しげにそう言って、彼は微笑んだ。

「高校生の紬も可愛かったけど、あの頃よりもずっとだ」

有馬は紬を引き寄せた。紬は自分にだけ開かれた広い胸に埋まった。

彼は紬が勘違いしていることを教えてくれた。真紅(あか)いパンプスの彼女は、有馬の従姉妹(いとこ)だったのだ。

「彼女は母の姉の娘なんだ。伯母は米国人と結婚してずっと向こうに住んでいる。俺が小学生の頃、父の仕事の関係で一時期伯母の家の近所で暮らしてた。半年という短い時間だったけれど、五つ上の彼女とはお互い一人っ子同士なのもあって仲良くしてたよ。本当の弟みたいに可愛がってもらった」

（従姉妹……）

「俺が高校にあがってすぐ、彼女は日本で就職したんだ。それからは会う機会も増えて、実の姉弟感覚でつき合ってる。俺の入院や自宅療養を知って見舞いに来てくれたのは、今日が初めてじゃないよ」

「そうだったの」

「君に面会を控えてもらったのは、やはり正解だったな」

有馬は苦笑する。

「誰に対してもオープンな性格とあいまって、米国育ちの彼女はスキンシップ過多、愛情表現もオーバーなんだよな」

どうやら有馬は万が一今日のようなことがあった場合――紬と従姉妹がニアミスした場合――面倒なハプニングが起こる可能性もありと警戒していたらしかった。

「ハグも頬にキスも、彼女にしてみれば挨拶代わりだ。愛してると言われたらこっちも同じように返さないとたちまち機嫌が悪くなる。高校生の頃まではされるがまま、言われるがままだったんだけど、今は大人になった分だけうまく距離が取れているはずだよ。安心して」

有馬はまだ濡れている紬の目尻にまたそっとキスをした。

「彼女は自分の美味しいと思ったものを俺に絶対食べさせたい人だ。でも俺は、俺の美味しいと思ったものを一緒に食べてくれる人の方がいい。紬みたいにね」

(有馬君……)

紬は有馬の胸に、今度こそ心から、すべてを預けて埋まった。

やがて身体を離した有馬は、紬と目を合わせた。

「俺の彼女になってくれる?」

七年の時を遡り、彼が囁く。

あの頃の何倍も熱のこもった眼差しで。優しく誠実な響きの伝わる声で。

「期間限定は嫌だ。これから先もずっと、俺と一緒にいてくれる？」

また性懲りもなく涙が溢れてくる。返事をしようとした紬の唇を、彼の唇が塞いだ。

「身体がもとに戻ったら、俺はもう一度最初からやり直すつもりだった。こんなふうに紬に告白して返事がどうでも、そこから新しい二人の関係をはじめるつもりだったんだ。でももう答えは聞かなくても知ってる。この涙を見れば……」

紬に触れる彼の唇は、幸せそうに微笑んでいる。

「俺が愛した人は、復讐をしかけても返り討ちにするなんて勇ましい宣言をする人だ。次のゲームが楽しみねと笑って俺に挑むような強い人だ。別れた七年前のあの日も、君はクールで颯爽としていて格好よかった。最初に好きになったのは紬なのに、たったの七日間で俺の方が本気になってた。翻弄されたのは自分の方だと思ってきた。別れた日の、俺を一度も振り返らなかった紬の背中を追いかけ続けてきたんだ。そんな人が最後のゲームのあの日も、そして今日も、俺の前で黙って涙を流してる。俺の欲しい返事を君はくれるんだって、そう思っていいんだろう？」

「……ん」

紬の呼吸は震えていた。

「これから先も、ずっと紬って呼んでもいいよな」

微笑む彼の唇に、紬は自ら唇を重ねた。

「ゲームは俺の負けだな。見事に返り討ちにされた」

長いキスの後、紬は再び有馬の胸に迎えられた。息が止まるほど強い力で抱きしめられる。

「……そうじゃない。最初から俺の負けだったんだ。ゲームをはじめてすぐにわかったよ。もう一度会いたい、会えたら復讐したいと思うほど紬にこだわっていた俺は、本当は七年前のあの日からずっと君を想い続けてきた」

「有馬君……」

紬は有馬の背中に両手を回し、彼が自分に向けてくれる心ごと抱きしめた。

「私も……。私も再会して思い知らされたの。私も有馬君を忘れたつもりでいたのに、本当はずっと……ずっと好きだったんだって」

二人ともに同じ想いを抱いていたことを知る喜びが、紬の胸を熱くした。

「本当に？」

彼の声が次第に熱を帯びていく。

「七年もの間、本当に俺のことを好きでいてくれた？」

「うん……」

「俺はあの頃よりも今の方がもっと好きだよ」

「私もよ。私も今の方が好き。だって、離れている間もあなたにずっと恋をしてきたのだから。そして、再び会えたあなたに二度目の恋をしたの」

紬は有馬に一番伝えたかった言葉をようやく口にすることができる。

「あなたを愛してる。これからも、いつまでも」


引いては返す快楽の波に、今夜の紬は何の迷いもためらいもなく身を委ねる。紬は進んで有馬のために身体を開き彼の欲望を受け入れたし、彼を欲しがる自分の強い気持ちも隠さなかった。

「好きだよ、紬」

有馬は紬の髪に何度も唇を埋めた。

慈しむ手で髪を撫でながら、「愛している」と囁いてくれた。

彼の言葉は媚薬(びやく)だった。耳から注ぎ込まれれば、快感は二倍にも三倍にもなった。

「ああ……」

紬は堪えきれずに唇から溢れる自分の声が、幸せに溶けていくのを聞いていた。

「今だけでいいから名前で呼んで」と甘えられれば、紬は呼びたくて堪らなくなった。

「一樹……」

「愛してる、紬」

「……一樹……」

欲しくて欲しくて一度はあきらめて、あきらめきれずにもがき続けて、ようやく抱きしめることのできた人だった。有馬の腕のなかで昇りつめた時、紬は快感をも超える安堵の気持ちに包まれていた。

ひとつになった身体を名残おしく離した後も、紬は有馬の胸に顔を埋めていた。二人はまだ甘い余韻のなかにいた。

「一樹……私ね……」

「うん」

「嬉しかった。愛してるって何度も言ってもらえて、すごく幸せだった」

口にすると恥ずかしさに頬は熱くなるけれど、今はもう、紬はどんな言葉も素直に伝えられる。

有馬は紬に一度キスしてから、「ごめんな」と謝った。

「何より先に言わなければいけない言葉なのに……、一番言いたかった言葉なのに言えなかった」

苦しげなため息が紬のこめかみをくすぐる。

「紬は覚えてる？　俺が紬にどうして一週間限定の彼女になりたいのか聞いた時、自分がなんて答えたか」

「覚えてる。私が好きになった人はこんなに素敵な人なんだからふられてもしょうがないって、うんと思い知らされてさよならしたいって……」

二人が彼氏彼女として過ごした七日間、紬の存在に癒され肩の力が抜ける心地よさを味わいながらも、紬の期待を裏切りたくない気持ちが強かったと有馬は言った。

「カッコつけたい年頃だったから余計にだった。ふられたのに追いすがって引き留めるなんてみっともない。紬が好きになってくれた俺のイメージじゃないと思った。でも、追いかけられなかった一番の理由は、まさか断られるとは夢にも思っていなかったからだろうな。告白してくれた紬は喜んで彼女になってくれると百パーセント信じて、疑ってなかったんだ」

別れの日、紬が最後に見た彼のあの表情は怒っていたのではなかった。ただ傷ついていたのだ。プライドが、ではない。紬に恋をし、紬を想う心が傷ついていた。

「つき合っている間はすごく楽しかったのに、紬の目は俺一人を見ていたのにふられる経験をしたせいで、再会してからの俺は臆病になった」

紬を不安にしていた有馬の怖い顔は、七年前の傷を引きずった臆病な彼の顔だったのだ。紬が有馬との別れに怯えていたように、彼もまたいつ別れが来るかもしれない恐れと戦っていた。

「私もごめんなさい。七年前のあの日、あなたを好きな気持ちをもう一度ぶつけられなくて。私たちがあのまま幸せな交際を続けられるとは、どうしても思えなかったの」

紬は彼の胸でそっと顔をあげた。

「いいよ。俺が真面目に言ってるようには聞こえなかったんだろう。思い返してみても、チャラかったもんな。からかってると勘違いされてもしかたがなかった」

あれも独り善がりのカッコつけの一種だったと、きまり悪そうに振り返る彼は、心の底から後悔しているようだった。

「ごめんなさい。私もあなたに負けないぐらい勇気がなかったから」

勇気を出して確かめていれば、従姉妹を本命の彼女だと思い込むこともなかったのに。でも……。

「でも、どうしてあの場所で告白しようと思ったの？」

「え？」

「最後の日に連れて行かれたのが縁切り様だったから、私は余計にあなたの気持ちが見えなくなってしまって。からかわれてるんじゃないかと疑ってしまった」

「ええ……」

有馬は驚き混じりの声をあげ、両手で顔を覆った。指の隙間から、

「そういうことかあ」

半分うめき声のようなため息が洩れた。

「俺はさ。縁切り様のジンクスも跳ね返すぐらい紬が好きだと言うつもりだったんだ。約束の七日間が終わったら俺と別れるつもりの、俺と縁を切るつもりの紬には、最強の告白だと思ってた」

「ええ？」

今度は紬が唖然と呟く番だった。

「そんなの……」

（そんなのってあり？）

有馬と同じ、悔しいのか悲しいのか呆(あき)れているのかわからないため息をついた。

「クラスの友達にも、迷信を逆手にとって告白に成功したやつがいたしな」

そう言えば、あの頃彼にそんな話をされた気もするが、今更思い出したところでどうしようもない。

「もうすっかりその気になった俺は、紬の気持ちなんかまるで見ていなかったんだな。縁切り様の言い伝えを知ってる紬が不安を抱くことぐらい、ちょっと考えればわかったのに」

ガキだな、かっこ悪すぎると嘆く彼は、やがて何もかも吹っ切ったように顔を隠していた両手を外した。再び紬を胸のなかに抱き寄せると、目を合わせた。有馬らしい前向きな力に満ちた瞳の奥に、紬だけが映っている。

「俺たちの縁は、七年前のあの時に一度切れたんだよ」

当時、乗り越えるチャンスのあった勘違いや行き違いに押し潰されてしまったのだから——と、有馬は言った。

「それなのにこうしてまた会えたんだ。もう運命でしかないだろ。いったん切れた縁を結び直した分、絆(きずな)は前よりも強くなった。俺はそう信じてる」

有馬のこの笑顔こそが、彼の言葉が真実であることを教えてくれる。

「俺が運命を感じた瞬間はいつだと思う？」

有馬は身体を起こすと、紬の胸に頭を乗せた。乳房に軽く口づける。

「本気で復讐しようとしかけた最初のゲームで、見事に負けた時だよ。だってそうだろう。紬が俺の撮った写真とは知らずにファンだと言うんだから」

（やっぱり……）

紬の胸に、飛び上がりたいような喜びが広がった。

「あの写真は一樹の作品だったんだね」

「運命だと思ったよ」

大切なものに触れる優しさで乳房に何度もキスされ、紬はそっと熱い息をついた。

写真を撮ったのが有馬だと知った今では、どのフレームのなかでも輝く光の珠はすんなり彼の笑顔と重なった。その明るさで見る者の気持ちまでをも照らし、励ましてくれる。

「紬が好きだ。ふられても、七年経っても好きだ。その気持ちが天啓みたいに降りてきた。復讐心はあっと言う間にひっくり返されて、隠れてた本心が剥き出しになった」

本気で復讐するつもりで自分の作品を利用し、勝ちを企てた一度目のゲーム。二度目の宝探しからは、紬の心を自分一人に向けさせることが目的になった。

「紬を独り占めしたかった」

繰り返される乳房へのキスに、鎮まりかけていた快感を呼び覚まされる。

（彼が撮ったと知らずにファンになっていたなんて。私も運命を信じてしまうな）

有馬の頭を抱く紬の手にも、大切なものを愛おしむ優しさがあった。

「紬……」

「……ん」

返事をする声に甘い吐息が混じる。

「紬を独り占めできたって、もっと確かめたい」

紬は答えるかわりにねだる仕種で有馬を抱き寄せる。

「わがままを言いたい」

「一樹……」

「わがままを言って困らせたい」

二人を隔てていた様々な壁がようやくすべて取り払われた時、顔を覗かせた彼は、きっと紬だけに見せてくれるもう一人の有馬だ。

「俺はずっと紬に飢えていたから、もっと甘やかしてほしい」

（私もあなたを独り占めしたい）

職場でのクールで理知的な有馬も、時々オレ様だけれど優しい有馬も、周囲の期待を背負って頑張る弱いところのある彼も、ベッドの上の甘やかされたい彼も、紬はどんな有馬も自分独りのものにしたかった。

甘やかすなんてどうすればいいのか、紬にはわからなかった。ただ、一心に求めてくれる彼にひたすら素直に応えるだけだ。

「ん……っ」

乳首を柔らかく吸われ、紬は肩を震わせた。すでに一度交わって昇りつめた身体は、ほんの少しの刺激にもひどく感じてしまう。小さく勃ちあがったそこを舌で転がされると、余韻に灯された火が一気に燃え広がった。体温が上がり、苦しいほどに快感も膨らむ。

「すごく感じてくれるようになった気がする」

有馬は無邪気に嬉しそうだ。

「胸だけで達きそう？」

いつもは恥ずかしくて答えられない台詞さえも、紬の胸を甘く締めつける。小さく頷く紬に、有馬は「俺も同じだ」と微笑った。

「紬もとっくに気づいているだろう？　ほら……、紬を抱くたび俺がこうやって教えてきたから」

有馬は紬に証の場所を強く押しつけた。硬く張りつめた分身が、紬のズキズキと疼く半身を突いている。

「紬……」

「あ……一樹……」

「紬だけだよ。こうしてくっついているだけで終わってしまいそうになるのは」

先端を擦りつけるように動かされると、待ちわびていた秘花がたちまち熱くなった。

「もう入れたい」

返事をするより先に身体が動いていた。紬は彼を誘い込む仕種で、初めて自分から脚を開いた。

（一樹……）

紬は有馬の胸に手を置いた。自分と同じ、跳ねる鼓動が伝わる。

「愛してる、紬」

「私も愛してる」

紬は惹かれるように有馬と唇を重ねた。長いキスと逸る呼吸が二人を駆り立てる。

二度目とは思えないほど力を漲らせた分身が、紬の秘花に重なった。ただそれだけのことなのに、

「あぁ……」

紬は喘いだ。

（終わったばかりなのに、もうこんな……）

羞恥に息が詰まった。彼の熱と重みが伝わるその場所が、たっぷりの蜜で濡れているのがわかるから。

秘花が強く疼いている。じんと広がる甘い悦びが、もう一度彼を受け入れたいと訴えている。

追いつめられているのは、どちらも同じなのだ。いや、きっとそうではない。

（私の方があなたを欲しがってる）

そうでなければ、自ら開いた脚をこんなふうに彼の身体に絡めたりしない。

「紬……」

熱の塊になった彼の息が、耳に吹き込まれる。

「すごくいいよ」

たくましい分身が、短い割れ目の上を優しく行き来している。花弁がさらに大きく綻び、物欲しげにまとわりつくのを感じる。

「あ……、一樹……」

蜜に塗れた花がどれだけ彼を欲しがっているのか伝えているはずなのに、彼はなかなか先へ進もうとしなかった。

「紬はいい?」

「……ん……、いい……。気持ちい……」

紬が素直に答えても、どうしてか紬のなかに入ろうとしない。焦らされるのは苦しい。でも、苦しいのに不思議と快感を煽られるようで、紬は堪らずに腰を捩っていた。そうやって無意識のうちに彼の猛りに自分を強く押しつけていた。

有馬が紬を抱きしめ囁いた。

「俺が欲しい?」

「ん……」

「欲しいよな？」

こういう時、笑みを含んでひと際優しく甘くなる彼の声は、魔法の呪文ようだ。紬の心をとろとろに蕩けさせる。

「だったら今度は紬がして」

有馬は戸惑う紬に、一度目を張り切りすぎてしまったと言った。怪我をした足が痛むからと訴えられれば、紬には拒めない。

「紬の好きにして」

有馬は甘えた。

（好きにって……）

それは自分にリードしてほしいということだろうか。

「紬？」

無邪気にねだる声。

「好きだよ、紬」

キスは、ためらう紬をあやす優しさで繰り返される。

紬は小さく頷くと、思い切って有馬の身体を押し上げ彼の下から抜け出した。

「……一樹……」

「うん」

「あなたが甘えるのは私にだけ？」

「ああ」

「私だけにしてね」

心も身体も剥き出しになったベッドの上で、甘え甘えられる相手は一人だけ。それが互いに互いを独り占めすることだと思った。

紬は自分につられて身体を起こした彼を、そろりと押し倒した。どうすればいいのかわかっていても、実行に移すのは羞恥との戦いだ。紬は今にも消え入りそうになりながらも彼に跨がった。

頭のなかがが熱くなる。

何も考えられなくなる。

（いっそ、その方がいいのかもしれない）

身体の命じるままに、本能がそうしたいと求めるままに彼を愛する方がいい。

「……んっ」

紬は彼の分身に手を添え、秘花へと導いた。今にも腹につきそうに勃ちあがった彼をゆっくりと押し潰す。

「……っ」

有馬は熱い息を洩らすと、紬の動きを追いかけ起こしていた頭をシーツに落とした。

まだ重ねただけだ。触れ合った場所から伝わる熱を貪っているだけ。なのに羞恥なのか快感なのかわからない熱いうねりが、紬の全身を駆けめぐっている。

（あなたが私だけのものだって、もっと感じたいの）

身体の奥の、ズキズキ淫らに疼くこの場所を、あなたでいっぱいに埋めてほしい。

「紬の好きにしてみせて」

紬の気持ちを見透かしているのだろう、彼は紬を優しく挑発する。

有馬から与えられた、甘く意地悪な試練。

自分への愛情を確かめたがっている彼に、紬はちゃんと見せなければならなかった。この胸を埋めつくしている想いが彼一人に注がれていることを、全身で伝えなければならなかった。

紬は愛しい彼をもう一度手に取った。今度はためらうことなく雄々しい幹に指を絡ませ握った。

入り口は探さなくてもわかる。熱く火照るその場所に、紬は彼を押し当てた。

「ん……っ」

濡れ綻んだ花芯が愛しいものの先端を柔らかく包んだかと思うと、ゆるりと呑み込んでいく。

「あ……ん」

押し入ってくる彼に、紬の唇がうっすらと開いた。

「快……い……」

自然と言葉が溢れる。紬はあと少しというところで一気に腰を落とした。待てなかったのだ。根本まで彼を迎え入れると、そのままじっと動かずに指先まで散っていく快感に浸っている。

「すごいな」

彼が楽しそうに微笑っている。

「今ので終わってしまいそうになった」

軽く揺すり上げられ、紬の両腿に震えが走った。

「俺を焦らしてる？」

「そんな……」

（そんな余裕がないのは知ってるくせに）

焦らされているのは本当はどちらかわかっているくせに、有馬は自分からは動いてくれない。紬に甘えてきっている。

「愛してる、紬」

先を促すように腿を撫でる手が、びっくりするほど心地良かった。なんとも言葉にできない甘い焦れったさが肌の上を這い回る。

「愛してる」

魔法の呪文に紬の理性は為す術もなく奪われていく。

もっと強い快感が欲しいという感覚が、強烈に込み上げてきた。

とうとう紬は彼の引き締まった腹に両手を置いた。そうやって身体を支えて、ぎこちなく腰を上下にさせはじめた。

「ああ……」

紬の背がしなった。初めて味わう感覚だった。

（ああ、駄目……っ）

欲しいものを欲しいだけ貪ることができるとわかったとたん、身体が言うことを聞かなくなった。

（どうしよう）

自分がどうなってしまうかわからない不安に心は惑うが、身体は快感を求めて一途なぐらい正直だった。

「……んっ」

紬は動いた。有馬を自ら貪る動作をやめられなくなった。蜜で潤んだ内を、少しも衰える気配のない彼で掻き回す。

「……っ」

彼の弾む息が耳を打った。彼をもっと気持ちよくしたくて、自分ももっと気持ちよくなりたくて、紬はまた締めつけてしまった。恥ずかしいのに身体が勝手に動いてしまう。締めつけた瞬間、背筋を駆け抜ける快感が堪らなかった。腰から下が溶けてなくなってしまいそうに気持ちよかった。

でも、締めつけてしまうのは快感だけが理由ではないのだ。

「一樹……」

彼と離れたくなくて、いつまでもひとつでいたくてそうせずにはいられなくなる。彼を自分のなかに引き留めて、二人の身体がひとつに混じり合う感覚にいつまでも浸っていたかった。

紬は有馬の視線を痛いほどに感じていた。

「見ないで」

「嫌だ」

「恥ずかしいよ」

「どうして？　俺は好きだよ」

優しい声音に誘われ彼と目を合わせると、

「紬がこんなに大胆だとは知らなかったけど、エロティックな紬も好きだよ。すごく可愛い」

有馬は本当に嬉しそうに微笑ってくれた。

有馬の右手が伸びてきた。紬の片方の乳房を包み込む。「続きをして」とせがまれ、紬はまたゆるやかに快感を追いかけはじめた。

「俺は甘やかされるのも、甘やかすのも好きなんだ」

彼は乳房の丸みを撫でている。それはとても優しい刺激だけれど、新たな蜜で紬の秘花を潤ませるには十分な悦びを与えた。

「可愛い恋人は甘やかしたい」と有馬はまた微笑む。

乳房の上を指が這い、頂の実を摘んだ。紬の半身が有馬の上で跳ねた。

「は……ぁ」

紬は頬を熱くした。溢れる吐息が悦びに満ちているのが自分でもわかる。

「紬はここを触られながら突かれると、すぐに達っちゃうよな」

ほの赤い実を指の間で転がされ、紬は甘ったるい喘ぎを我慢できない。

「紬を独り占めした男しか知らない秘密だ」

紬は恥ずかしかったが、幸せな気分は変わらなかった。二人の世界にだけある秘密は、たとえどんなものでも大切な宝物だから。

「紬……」

「……あ、あ」

敏感な乳首の先端だけを柔らかく撫でられると、きゅんと下腹を絞るような快感が広がった。紬はまた彼を締めつけてしまった。有馬が力を増したのがわかる。

「快いよ」

有馬は恍惚とした眼差しで紬を見上げている。その満たされた表情に、ふいに紬の瞳は潤んだ。

まさかこんなゲームのエンドを迎えられるなんて、考えもしなかった。

こんなふうにあなたを愛し、あなたに愛されるとは夢にも思っていなかった。

「一樹……」

紬は有馬の頬に触れた。

「大胆とか、そんなのじゃない」

大切なものを守るように、手のひらに包んだ。

「あなたを愛しているから……」

有馬が紬を見つめている。

「本当に愛しているから、あなたのすべてをくれると言うなら私はどんな私にでもなれるの」

見つめ続ける有馬の瞳に、濃い喜びの色が流れ込んできた。

有馬の両手が紬の腰を掴んだ。いきなり下から大きく突かれて、紬は高い声を上げていた。

「紬のせいだ」

引き締まった有馬の若い半身が、紬を揺すり上げる。

「ずっとこうしたいのを我慢していたのに、俺を喜ばせるから」

「あ……やっ……」

欲望を解放した激しさで何度も突き上げられ、紬はしゃくりあげるような喘ぎが止まらなくなった。

紬が彼に合わせて動きはじめると、

「紬……っ」

有馬の零す熱い息もとまらなくなった。

「……かず……き……」

相手に甘えて甘えられ、彼を貪っては貪られ……。追いつめられた呼吸はどちらかのものか、もうわからなかった。

「紬が一番いい」

有馬が言った。
いつかの夜には涙したその言葉の意味を、紬はもう間違わない。

「紬がいい。紬だけだ」

今にも弾けそうに力を漲らせた彼が、紬を奥まで貫いた。
閉じた瞼の裏できらきらしたものが弾ける。
背筋を震わせ駆け抜ける快感に、紬はすべてを委ねて昇りつめた。
紬は確かに有馬を自分一人のものにできたのだ。そして、紬も有馬一人のものになれた。

「やはりあれだな。名前呼びはプライベートで一緒にいる時に限ろう。会社では、誰も見ていないところでも今まで通り上司と部下バージョンで」

紬が帰る間際の、別れを惜しむ長いキスの後だった。有馬は紬を抱きしめ、なかなか放してくれない。

「当たり前でしょう。そこの線引きはちゃんとしないと」

紬は彼の腕から抜け出そうとしたが、すぐに引き戻された。

「線引きがどうのじゃなくて……」

有馬は紬を抱きしめる腕に力をこめた。

「紬とこうなってしまっては、会社で理性を保つ自信がないからだ」

「……」

「名前ひとつが起爆剤になって、いけないことをしかけてしまいそうだ」

紬が静かに赤くなったのは、彼に思い当たる前科が少なからずあったからだった。ただし、有馬のこんな問題発言も、他人の耳にはとんでもないのろけに聞こえるに違いない。

「有馬部長。冗談はここだけにして、仕事に集中してくださいね」

紬が秘書の顔になったのは、半分照れ隠しだった。

「紬をどうにか自分のものにしたくてジタバタしてた俺とはさよならできたんだ。その意味では集中できるはずなんだが」

有馬はそう言ったそばから、何事か思いついた顔つきになった。

「まだ柳のことがあったな」

紬には聞き捨てならない呟きだった。

「柳君のことって？」

「紬は心配しなくていい」

有馬は紬の額にキスをした。

「彼にパワハラを企(たくら)んでるわけじゃないから」

「もちろんそうよ。それはわかってるけど」

「大丈夫。苛めたりない」

「でも……」

「俺の問題なんだ」

（問題ってなに？）

最高のハッピーエンドを手に入れた後だけに、紬には気になった。尋ねかけて口を噤んだのは、悪戯げに微笑む有馬の瞳にとても真剣な色が浮かんでいたからだった。

第七章　七年目の奇跡

有馬と柳の間に何があるのか。有馬の問題とは何か。謎は謎のまま、有馬と紬の新しい時間が流れはじめた。

抱えていたプロジェクトが本格始動した有馬は、今までに輪をかけ忙しくなった。職場以外で二人の時間を持ちたくても思うようにいかなかったが、紬は十分幸せだった。


「今日のプレゼンはうまくいかなかったな」

「さすがに疲れた。オーバーワーク気味なのを何とかしないと」

「今度の担当者は難敵だが、負ける気はしない」


ほとんど毎晩かかってくる有馬からの電話で彼の洩らす仕事にまつわるあれこれが、紬を秘かに嬉しくした。どんな時も、苦しい時であっても彼が自分という存在を隣において、時にはもたれかかってくれるのを感じることができるからだった。そんな幸せのなかにあって、だからこそ柳のことがいつも心の片隅に引っかかっていた。

（リアル書店に来るのは久しぶりだな）

その日、仕事を終え本社ビルを出た紬は、歩いて数分のところにある大型書店に立ち寄った。ここ数年は、本も雑誌もネットで買うことが増えた。仕事が忙しくなりそちらに気力も体力も奪われるようになると、よほど目当てのものがなければ店には足が向かなかった。

紬はフロアガイドの前に立ち止まり、料理関係の本が置かれた棚を探した。今どきレシピなど、ネットを探せばいくらでも転がっている。電子書籍もある。なのに紙の本を手元に欲しいと思ったのは、実感したかったからだ。「美味しい料理を作りたい」という気持ちにさせてくれる相手が自分にも現れたことを、ページをめくりながらゆっくりと味わいたかった。

自分で自分にのろけているのかもしれない。そう思うと、耳のあたりから熱いものがじわりと広がった。冷房の効いた店内が、火照った頬に涼しい。

（のろけたっていいじゃない。実際、有馬君にいつ食事を作る機会がやってくるかもしれないんだし）

名前呼びには照れもあって今もまだすんなり口にできない紬だけれど、こっそりのろけるのは許してほしい。

（一緒にキッチンに立つことだって、ないとは限らないでしょ。その時になって慌てないようにテキトー主義は返上して、味付けの基本ぐらいはしっかりマスターしておかないと）

紬は気を取り直して配置マップに視線を巡らせた。

（あ……）

目に留まったのは探していた料理本コーナーではなかったが、興味を引かれて移動する。

目指す書棚は広いフロアの、出入り口からは遠い奥まった場所にあった。アート系の書籍が集められた一角の三分の一ほどのスペースを、様々な種類の写真集が占めている。

「これ、綺麗」

紬はこちらに表紙を向け並べられているなかの一冊を手に取った。有馬が好きそうな北米の森や湖を写したものだった。

雪の森を捉えた美しいカバー写真に見とれていた紬は、ページを開こうとして思い出した。紬が有馬に最初に告白した場所も本屋だったが、

（私が勇気を振り絞って声をかけた時、彼が手にしてたのも写真集だったな。やっぱりどこかの国の自然を写したものだった）

有馬が自分と写真の出会いについて紬に話してくれたのは、ごく最近のことだ。

「中学の卒業祝いに本格的なカメラを買ってもらったのがきっかけだ。下手くそだったから周りには秘密にしていたけど、高校の頃は一人であちこち撮り歩いてた」

ラストゲームに使われた四点も、実は高校生の彼が撮ったものだという。光の印象が薄かったのは、当時はまだ彼のこだわる世界観なり手法なりが確立されていなかったからのようだ。

有馬は話すのをためらう横顔を見せたものの、こうも打ち明けてくれた。

「有馬家の跡取り息子という肩書のおかげで、俺にはどこへ行っても人の目がついて回った。物心ついた頃からそうだ。カメラはその息苦しさから逃れる唯一の方法だったんだ。ファインダーを覗いている間だけは、一人の時間に浸ることができた」

それだけ彼は長い年月、家や会社という名の重圧と戦ってきたということだ。

有馬一樹の持つ三つ目の素顔――弱音も吐くし泣き言も言う影法師は、ずいぶん幼い頃に生まれ、彼が歳を重ねるにつれ影もまた大きく育っていったのだろう。

有馬のこだわる光の珠の意味を、紬は尋ねなかった。ただ思うのは、見る者を励ましてくれるあの輝きはきっと、彼が自分自身に向け贈ったメッセージなのだということ。

有馬の恋人になった紬は、彼が背負っている重荷に自分も一緒に向き合っていきたいと強く願うようになっていた。

(へぇ。こんなジャンルもあるんだ?)

しばらくは風景を扱った写真集をあれこれと開いては眺めていた紬だったが、次に興味を引かれたのは、白い背表紙に金色の箔押しで『世界の王室』と入った一冊だった。王族の人々の贅沢な暮らしぶりを写したものだろうか。手に取ろうとして、隣の本に視線が止まる。

『世界のセレブたち』

なんとなくカンが働いた。

目次を開いてみる。

（あった！）

登場するセレブのなかには日本人もいた。旧華族の血筋でもある政治家の家族や、紬も知っている世界的に有名なファションデザイナーの一家などに混じって、有馬一族も取り上げられていた。

（ひょっとして、この男の子が有馬君？　小学校にあがったぐらいかな？）

この本はロングセラーらしく、主だった家族を写した一枚もずいぶん前に撮られたものだった。今の有馬の面影を濃く残すその少年は、両親と祖父母、曾祖父（そうそふ）らしき面々に囲まれている。背が高く容貌が整っている点は、全員に共通した特徴だった。

撮影場所は一族所有の別荘とある。部屋に飾られた美術品や調度品類を眺めるだけで、上流階級と呼ぶにふさわしい暮らしぶりが想像できた。

（あのドレスを着るパーティーが何度もあるような生活だものなあ）

紬が持っている服のなかで、まず間違いなく一番高価なシャンパンゴールドのイブニングドレス。贈ってくれた有馬には申し訳ないが、着々とクローゼットの肥やし化しつつあった。

「私と結婚すれば、ドレス姿を披露する機会はありますよ」

有馬に言われた一言が、急に重みを持って蘇ってきた。

結婚。

紬はその言葉を意識して頭のなかから追い出していた。わざと考えないようにしていた。たとえば彼に振る舞う手料理にしても、真っ先に新婚生活の食卓が浮かんだのだが、あえて目の前から覆い隠していた。

（私、結婚は……）

紬はそっと自分の心を覗き込む。

仕事に燃えている時も、一生一人でもいいやと開き直った時も、心のどこかに隠れていた花嫁衣装への憧れ。

純白の綿帽子や、心引かれるクラシカルデザインのウェディングドレス。

寄り添うようにして隣に立つ人を見上げれば、花婿姿の有馬がいる。妻となった紬を守り包み込んでくれる、優しい眼差しをしている。

（彼と結婚したいな。有間君の生涯のパートナーになりたい）

有馬との未来を思い描く時、紬は結婚したいと思う。今の紬の素直な気持ちだ。

紬は有馬の家族を写した写真をもう一度眺めた。

『本当に大丈夫？　有馬家の暮らしについていく自信はあるの？　ついていけないなら、彼を支えるなんて無理よ。できっこない』

自分自身への問いかけは、彼と恋人同士になってからは繰り返し頭をもたげてきた。答えはでないままだ。

今日も紬の耳にはもう一人の自分の不安げな声が聞こえてくる。『この写真のなかに自分を置いてみて』と。

（やっぱり無理かも……）

プレゼントされたイブニングドレスを着て有馬の隣に立つ姿さえ、紬は上手くイメージできなかった。仕事の取引先だけではない、政治家や芸能人など著名人が大勢招かれるというパーティー会場で、彼の陰に隠れて小さくなっている情けない自分しか浮かんでこなかった。

「金沢さん、大丈夫？」

見つからない答えを追いかけぐるぐる考えていた紬は、慌てて振り返った。

「柳君！」

「具合でも悪いの？」

柳は何度呼んでも気がつかなかったからと心配している。

「久しぶりだね」

柳とは、熱を出した彼をセンターの部屋に見舞った日が最後になっていた。彼の体調を尋ねるメールのやりとりはしたものの、研修終了後はコンタクトもなかったし、紬も連絡を取るのを何となくためらっていた。

柳の行きつけだというカフェのテーブルに、二人は向き合って座っていた。

紬は柳が読書家なのを思い出していた。本社近くのあの書店は紬が彼とつき合っていた頃にはもう、会社帰りによく立ち寄るお気に入りの店だったに違いない。

「私も本社にいる時間は長いのに、会わないね」

「部署が違えばそんなものじゃない。僕の場合、直行直帰案件も多いし」

「あれからどう？　体調をまた崩してない？」

「ありがとう。大丈夫だよ。研修の最終日に直接お礼を言えればよかったんだけど、メールで済ませてしまってごめん」

「ううん、いいの。元気にやってるなら」

柳の研修が終わったのを境に、二人は今度こそ出会う前の関係に戻っていた。お互い口にはしないが、同期よりも距離のある関係だ。それなのに柳が店で見かけた自分にわざわざ声をかけてきたこと。誘う前に躊躇う様子を見せたことから、紬は何となく察していた。柳は自分と有馬がつき合いはじめたことを知っているのではないだろうか。

「昨日ね。有馬部長に呼び出されたんだ。プライベートで」

紬はドキリとした。

「昨夜は君の座っているその席に部長が座っていた」

柳はやはり有馬と紬の交際を知っていた。有馬の口から直接聞いたのではないかという紬の想像は当たっていた。

柳は何かを吹っ切るように大きな動作で珈琲をひと口飲むと、テーブルに戻した。

「昨日、部長と話したことを君に教えてしまうのは、ルール違反かもしれない。でも、君は知っておいた方がいいと思うから、僕は話すよ」

「……うん」

「これが僕から金沢さんへの最後の……」

柳は終わりまで言おうとしなかった。ただ、彼の顔つきが変わったのがわかった。紬はたぶんこれが最後になるだろう、恋人同士だった頃の柳と向き合っていた。

「部長には僕が怖かったと言われたよ。僕が金沢さんとつき合っていたからですかと聞いたら、それだけじゃないって」

有馬は、紬がうっかり電話口で呼んでしまった柳の名前をやはり聞いていたのだ。自前の情報網を駆使して柳について調べた有馬は、二人が恋人関係だったと知って焦ったという。

「金沢さんを自分のものにしたくて足掻いてる最中に前カレが現れたんだ。よりを戻すのかもしれないって気が気ではなかったんだろうね」

「それだけじゃないっていうのは？」

柳はクスリと微笑った。

「あの完璧な男の目に僕は、どうやらちょっとやそっとのことでは歯が立たないとんでもない強敵に映っていたらしいよ」

『君は紬をふった男で、俺は紬にふられた男だ。君と俺との間には天と地ほどの差があることを知って、本当にショックだったよ。あんなに自信を失くしたのは、生まれて初めてだ』

有馬がそんな気持ちでいたとは、紬は考えもしなかった。柳を意識しているのかもと感じはしても、すべては過去の話だ。あの有馬が自信を失い落ち込んでいるなどとは、誰が思うだろう。

「それだけ金沢さんに本気だって証拠だよな」

柳はまるで自分に言い聞かせるように呟くと、おもむろに珈琲をまたひと口飲んだ。それから紬に向かって頭を下げた。

「この前は困らせるようなことを言ってごめん」

「困らせるようなことなんて、なにも……」

「熱を出した時だよ」

「ああ……、ううん」

あの時、柳がなぜ有馬を挑発する台詞(ことば)を次々と口にしたのか。紬は彼に理由を聞くつもりはなかった。なぜ？ に触れたくない自分や、触れてはいけないと忠告する自分がいたからだ。

「熱で自制心がバグっちゃったんだろうな。最後まで隠し通すつもりだったのに、部長を前にして本音が出てしまったんだと思う」

「本音？」

「金沢さんは僕にふられたと思ってるだろうけど、本当は違う。ふられたのは僕なんだ」

驚いて見つめる紬に、柳は二年前の別れの時には隠していた本心を語りはじめた。

「金沢さんと一緒にいて、いつの頃からか感じるようになったんだ。君の瞳が時折、目の前の僕を素通りしてどこか遠くを映しているのを。そして、気がついた。君がとても懐かしそうに、でもなぜか辛そうに見つめている風景のなかに僕の知らない誰かがいることに」

「柳君……」

「その誰かには勝てない。そう悟ったから僕は身を引いた。僕がふる形をとったのは、金沢さんを責めたりなじったりして最低の終わり方をしたくない気持ちが半分、あとの半分は僕の最後のプライドだった。ふられるよりもふる方がまだしも傷が浅いと思ったんだ」

一瞬黙り込んだ柳を、紬はただ驚きの目で見ている。

「ふろうがふられようが好きな相手と離れる辛さに変わりはないんだって、すぐに思い知らされたんだけどね」

（知らなかった）

二人が一緒にいた頃、柳がそんな気持ちでいたなど、紬にはまるでわからなかった。柳はどんな時もそばにいて変わらない微笑みを向けてくれる、優しい恋人だった。その優しさゆえに彼は気づいてしまったのだろう。紬自身が目覚めるより先に、紬の有馬への想いを感じ取ってしまった。

紬は喉まで出かかった謝罪の言葉を呑み込んだ。

「何も言わなくてもいいよ。僕たちは僕たちで、二人で楽しく過ごした時間があったのは嘘じゃないものな」

紬は頷いた。紬もそう思っているからだった。

「研修が決まったのと同じ頃だった。金沢さんが異動でリカバリーセンターにいることを知った時、僕のなかに思いもかけない気持ちが湧いた。もし、あれから二年経って君がその誰かのものになっていなかったら、自分にももう一度チャンスがあるかもしれないって、僕は希望を抱いたんだ」

柳から紬への突然の電話は、そんな衝動が形になって現れたものだったのだ。

柳は紬と再会した。

「五分も一緒にいたらわかったよ。僕に残されたチャンスはないってことが。金沢さんはまだ誰のものにもなっていなかった。でも、君は今も二年前と少しも変わらず同じ相手を想い続けていた。金沢さんにはそこまで深く愛している男がいる。僕の抱いた希望なんて、粉みじんに叩き潰された気分だった」

「その相手が有馬君だってこともわかったんだね」

柳は少し微笑って頷く。

紬をあきらめた柳がなぜ有馬にあんなふうにぶつかっていったのか。彼は理由を教えてくれた。熱に理性のタガを外され、つい行動に出てしまった彼の心の内を。

「もし、部長が金沢さんのことを何とも思っていなかったら、どれだけ君が彼を想い続けたとしてもハッピーエンドにはならない。僕にもチャンスが生まれる。僕はあの人の気持ちを確かめずにはいられなくなった」

有馬を挑発すれば、彼が紬をどう思っているのかわかるかもしれない。柳はそう考えたのだ。

「僕を見る目だよ」

柳はその時のことを思い出したのだろう。ほんの一瞬口元を強張らせ、緊張した顔つきになった。

「あの人の言葉より何より、僕を見る目が彼の気持ちを教えてくれた」

（有馬君の目……）

「あの人は金沢さんを強く……、本当に強く求めていた。絶対に君を自分のものにする。ほかの誰にも邪魔はさせない。あの目は僕に彼の揺るぎのない気持ちを突き付けてきたんだ」

紬は言葉が出てこなかった。彼らの間に散っていた火花がどれほどのものかを、紬は上辺だけしかわかっていなかったということだ。

「部長、かっこよかったな」

柳はかっこよさに負けたとでも言わんばかりにため息をついた。

「僕がすぐに部長の気持ちに気づいたみたいに、彼の方も僕の気持ちが伝わったんだろう。金沢さんとやり直したいと真剣に願っている僕の本心を見抜いた。自覚はなかったけど、僕の方もすごい目をして彼を睨(にら)んでいたのかもしれない」

昨日の朝、柳は有馬に電話をもらったという。

「仕事が終わった後、会ってほしいと言われた時、正直、この会社でのキャリアは終わったとあきらめたんだよ。有馬部長に俺の女に手を出すなって改めて言い渡されて、辞めさせられないまでも金沢さんから遠く離れた地方の店に飛ばされるんだろうって覚悟した」

しかし、そうではなかった。

『君とはもっと早く会う機会を作りたかったんだが、その前にやらなければならないことがあってね。君も私とは差しで話したかっただろう。すまない。遅くなった』


有馬は今紬の座っている席に腰を下ろすなりそう言って、頭を下げたという。

「あの人はね。金沢さんと正式につき合うことになったのを、僕に報告にきたんだ」

柳は「自慢しにきたわけじゃないよ」と苦笑する。

「これ以上、僕が君に接近しないよう牽制しにきたのでもないと思う」

彼はひと呼吸置くと、こう言った。

「僕に誓って約束するためだった」――と。


『紬を幸せにする。必ずだ。約束する』


有馬はただその言葉をに伝えるためだけに柳に会ったのだ。

(有馬君……)

紬の胸の鼓動が熱くなる。

柳は一度でも有馬のパワハラを覚悟したことを紬に詫びた。

「僕が好きになった人が選んだ相手なんだ。信頼に足る男に違いないのに彼を疑ってしまった僕は、まだ君に未練タラタラだったのかもしれない」

柳は紬と合わせた目を逸らさなかった。

「でも、もう大丈夫。ちゃんと吹っ切れたからここにいる」

ふわりと、張りつめていた空気が緩む気配がした。

柳の顔もゆるやかに友達の顔に戻っていく。

柳は冷めた珈琲を飲み干すと、お代わりをオーダーした。紬はようやく自分のカップに指をかけると、ゆっくりと口にした。砂糖も入れてないのにほんのり甘く感じるのは、長く心の隅に引っかかっていた棘（とげ）が抜け、ほっとしたからだろう。

「僕はさ。部長の覚悟がどれほどのものか確かめてやろうと、ちょっと意地悪な質問もしてみたんだよ」

「意地悪って？」

「結婚したら、妻になった金沢さんをセレブな一族のなかでちゃんと守っていけるのか、聞いてみた」

紬の鼓動がドキリと跳ねた。本屋で穴があくほど眺めていた写真が頭に浮かんで消えた。

「いつだったか海外の富豪の生活を紹介するバラエティ番組を見てたら、どこかの国をまるごとでも買えそうな大金持ちの不動産王が出てきてさ。そのおじさんが唯一仲良くしている日本人として部長の家族をあげたんだ。どうしたって住む世界が違うと思っちゃうだろう」

「……うん」

やはり柳の目にもそう映っているのだ。有馬との結婚に紬が抱いた不安が、一番のハードルになると考えている。

(お手伝いさんがいるのが当たり前の生活からして、私には別世界だもの)

「まあ、部長に言わせると海外みたいにパパラッチに狙われるような生活を好んでしてるわけでもないし、金の使い方や交遊関係も僕たちが想像するような派手さはないらしい」

「そうなの?」

「ビジネス絡みでつき合い自体は広いので、会食やパーティーに出る機会は多いとか」

「だよね」

「でも、どんな大舞台も場数を踏めば慣れてくるから、それほど心配はいらないって言ってたな。あの人がちょっと厄介だと考えてる問題は全然別なところにあった」

「別のところ?」

紬は思わず身を乗り出していた。

「親戚付き合いがほかの家庭に比べるとかなり密なんだそうだ。外部の血も入れつつ、創業者一族が経営にタッチしているのが背景にあるのかもしれないね。部長はよく言えば結束が固い、悪く言えば互いが互いに干渉しすぎる。それが面倒なんだとぼやいてた」

あまりピンときていない紬を見て、柳が笑って付け加えた。

「ほら、昔の二時間ドラマによくあるだろ。事件の前振りとして、財産や跡継ぎ問題で親戚一同がすったもんだするシーンが。あの登場人物のなかの一人になる覚悟が、金沢さんの方にも必要ってことかな」

「覚悟か……」

紬が曖昧にしか頷けないのは、自信がないからだ。

「登場人物になる前に、その資格があるかどうかみんなに値踏みされそう」

紬は自分で自分の言葉に圧され、負けそうになっている。

「大丈夫だよ。君を幸せにすると僕に約束した部長は、当然もうひとつの約束もしてくれた。紬は私が守るとはっきり答えたよ」

「……本当？」

「本当。それもあの人らしく堂々と、あの人らしい言い方で」

柳は有馬らしいというその台詞を教えてくれた。

『紬は私が守る。守れるのは私一人だからな。そうでないと困るんだ。紬が頼る人間が私一人でなければ、彼女を独り占めできないだろう』


カッコいい。

キザだが様になる。

オレ様だけど紬への愛情に溢れている。

柳は自分が言われたわけでもないのに赤くなってしまったと言った。

「しょうがないよな。最大級ののろけをかまされたようなものだし」

紬も耳朶のあたりをじわりと熱くしたが、あることに気づいてあっと声を上げた。

「待って待って」

「うん？」

「私、まだプロポーズされてないんですけど……」

そもそも恋人としての交際がスタートして、まだ半月も経っていなかった！

「ごめんなさい。ちょっといい気になりすぎ。浮かれすぎました」

紬はずうずうしい自分が恥ずかしくなった。小さくなった紬を、柳は「時間の問題だよ、きっと」

と励ました。

「金沢さん」

紬が顔をあげると、柳の優しい眼差しがあった。

「幸せになってください」

「柳君……」

「君に出会えてよかった」

「うん……。ありがとう。私もよかったと思ってる」

紬の胸は苦しいぐらいに熱くなった。今夜、柳が微笑みを絶やさないのは、自分に心の負担をかけまいと最後まで気遣ってくれてのことだろう。それは紬の幸せを応援したい彼の心と繋がっている。

幸せになりたい。

彼の応援に応えるためにも。

紬を幸せにすると約束したという有馬。紬も彼と幸せになるためには、泣き言は言っていられない。どんな壁も乗り越える覚悟を決めなければ。

紬のなかに、大きく頭をもたげてきた思いがあった。

(幸せになりたいなら、待っているだけじゃ駄目？)

七年前、勇気を振り絞って恋の思い出を掴み取りに行ったように、もう一度、あの時以上の勇気を奮い起こさなければ、欲しいものは手に入らないだろうか？

それから数日が経った週末の土曜日のこと。寝不足の頭でぼんやり遅い朝食をとっていた紬は、有馬からの電話で一瞬で背筋が伸びた。重たかった瞼が大きく開く。

「突然だけど、今日会えるかな」

「えっ」

「駄目？　何か予定がある？」

「あ、ううん。ないない。私の方も会いたいと思ってたの」

（ずっと会いたいと思っていたから、何度も電話をかけようとしたけどできないでいたの）

心の声は有馬には聞かせられない。

（ごめんなさい。私からプロポーズをすると決めたものの、さすがにそうすんなりとは勇気が出なくて）

おかげで有馬を呼び出し結婚を申し込むシーンを、毎晩夢に見る。どうせ夢なら即座にＯＫしてくれてもいいものを、彼の返事があやふやなまま目が覚める。そのせいで、不安な気持ちが頭のなかにまで霧のように立ち込めていた。今朝もそうだった。

「実はこの週末と来週の月曜日と、三日続けて休めるんだ」

「三日も？　仕事は大丈夫？」

「仕事も、仕事以外のやるべきこともすべて片づいた。久しぶりに面倒なことからすべて解放されて、ゆっくりできそうだ」

「よかった。有馬君、ずっと忙しかったものね」

もしかしたら、彼はその貴重な三日間を自分と過ごしてくれるのだろうか？　紬は期待しつつも緊張していた。

（三日の猶予があれば、言えるかも……。プロポーズのタイミングが巡ってくるかもしれない）

有馬は紬の部屋で会いたいと言った。

「いいけど、狭いんですが」

彼は紬の1LDKの部屋にはまだ来たことがなかった。

「かまわない」と返した彼は、少しの間を置き、「外で会うより落ち着いて話せるだろう」と言った。

「そうか……。そうだね」

落ち着いて話せる方が、重大な計画を実行に移そうとしている自分には有利だと紬は思った。


インターフォンが鳴った時、紬は壁の時計を見上げた。約束の午後二時にはまだ間があった。

「早めに着いたのかな」

紬は相手を確かめもせず玄関に直行し、すぐに扉を開いた。しかし、そこに立っていたのは、

「お母さん⁈」

ここしばらくお茶やショッピングに誘われても断り続けている母と、目が合った。今にも文句を言い出しそうな仏頂面をしている。紬に似て背が高いが横幅もあるので、こういう顔つきの時は迫力があった。

「突然どうしたの？」

「わかってるでしょう？　電話やメールじゃ埒（らち）があかないから来たのよ」

紬には目の前の母の不機嫌よりも、有馬と約束している時間の方が気になった。

「ごめんね。これから人が来るんだ」

「お客さまがあるの？」

「そうなの。だから申し訳ないけど、今日は……。ほんと、ごめん！　帰ってもらえないかな」

焦って自分を拝む紬の様子に、母は不敵な笑みを浮かべた。

「帰ってあげてもいいわよ。そのかわり条件があります」

「なに？　早く言って」

「来週の日曜日にお見合いをすること」

母は娘に思いがけないパンチを繰り出した。

「今この場で、相手の方を紹介してくれる私のお友達にＯＫの電話を入れること。そうじゃないと、いつまでも居座るわよ」

「そんなあ」

紬は頭を抱えたくなった。

「決まった相手がいるわけじゃなし、かまわないでしょ。いい加減、腹をくくって婚活に励みなさい」

（どうしようか）

母には有馬のことは話していない。娘思いが高じてなんでもかんでもはしゃぎすぎる母親には、物心つく頃には情報公開に慎重になる癖がついていた。母は自分が付け届けをした娘の上司が、紬とは高校時代のクラスメートだったことも知らないのだ。日本有数の企業グループの御曹司が、突如娘の恋人として降って湧いたらどうなることか。想像するとちょっと怖い。

（でも、今はそんなこと言ってる場合じゃないよね）

有馬と二人きりで落ち着いて話ができる貴重な時間だ。今を逃したら次はいつになるかわからない。

結婚のチャンスも一緒に逃げてしまいそうで、紬は誰にも邪魔されたくなかった。

（いずれ話さなきゃならないんだから、いつ打ち明けたって同じよ）

「お母さん、私、好きな人がいるの。おつきあいもしてる」

紬は思い切って打ち明けた。

「騙されないわよ。前もそんなこと言って逃げようとしたでしょ」

「今度は本当。嘘はついてない」

「じゃあその人の名前は言える？　年は？　どんな仕事をしてる人？」

「有馬一樹君。高校一年の時にクラスメートだった人。この春に再会したのよ」

母は一瞬、怪訝そうに小さく首を傾げた。

「有馬？　有馬さんって……、まさか紬の新しい上司の有馬さんじゃないんでしょう？」

「その有馬さん」

母の頭には、大事な娘の上司である有馬さんのプロフィールは当然しっかり入っている。

「おつきあいしてるの？」

「うん」

「ハロー・エブリィグループでしょ？」

「うん」

「今の社長さんの一人息子でしょ？」

「うん」

「いずれトップの椅子に座る人でしょ？」

「そうよ」

にわかに信じられないのだろう母は、様々な聞き方で紬の相手が誰かを確かめた。やがて我に返ったように紬の目をじっと見つめた。

「それで？　結婚するの？」

紬が想像していたのとはまったく違う表情をしていた。母はきっと驚くだろうが、手放しで喜んでくれると思っていたのだ。「すごい人を捕まえたわね。正真正銘の玉の輿じゃない」などというミーハーなコメントと一緒に、家族親戚のみならず友人知人にまで大興奮でアナウンスして回るのではないかと警戒していたぐらいだ。

「プロポーズはされた？」

真剣な顔つきで答えを迫られる
「それはまだだけど……」

紬の返事を聞いた母は、ほっと息をついた。

「その気がないのかもしれないね」

「え……」

「彼を信じてるって顔だけど、どうなのかな。結婚はロマンスじゃなくて生活よ。社会人になって自分の立場を考える機会が増えただろう彼の方がよくわかってるんじゃないの」

「育った環境が違いすぎるから、私は有馬家の一員としてやっていけないってこと？」

「紬は根性もあるし努力家だもの。誰と一緒になってもやっていけると思う。でもね、親としてはどんな苦労が待ち受けているとも知れないところに送り出したくない」

母は反対しているのではない。柳同様、心配している。そして、それは紬自身が本屋で写真集を手に取った時、抱えた迷いと同じなのだった。

「彼に結婚の意志はあっても、ご両親や彼を取り巻く人たちが反対するかもしれない。となれば彼だって、そう簡単に結婚してほしいとは言えないでしょう」

（有馬君も心配してるんだろうか？）

紬のことを気遣い、二人の将来に踏み出すのに慎重になっているのだろうか。

（だったらなおのこと、私から言わなくちゃ。どんな苦労も厭（いと）わない。ちゃんと受け止めて頑張るつもりだって）

そのうえで結婚を申し込む。

「お母さん。お母さんの気持ちはわかったから、今日は帰って」

「そっちの約束の方をお断りできないの。せっかく母娘で大事な話をしてるのに」

「有馬君がくるのよ」

「有馬さんが？」

たちまち母親の鼻息が荒くなった。「だったらぜひ本人に確かめなくちゃ。あなたと将来を見据えた真剣な交際をしているのかどうか」と前のめりになる。

「とにかく今日は帰ってほしいの！　お願い！」

玄関先でもめている二人に声がかかった。

「ひょっとして諍いの原因は私ですか？」

「有馬君！」

「自分の名前が聞こえてきたので焦りました」

有馬は焦るどころかいかにも悠然とした足どりでやってくると、母親と向き合った。

「はじめまして。紬さんと交際させていただいてます有馬一樹です」

「はあ」

気の抜けた返事をした母は、明らかに有馬に見とれている。彼女は自他ともに認める面食いなのだ。

「以前、お菓子を送ってくださいましたね。お気遣いありがとうございました」

「……いえ」

母はいきなり娘の袖を引くと、無理やり二人そろって有馬に背を向けた。

「ほら、見なさい」

「なんなの」

「あんな美男子、結婚したって周りの女がほっとくわけないじゃないの。あんた、そっちの方でも絶対苦労するわよ」

内緒話のつもりでも、こんな近距離では当然本人にも聞かれている。

「お母さんは私たちの交際に反対ですか?」

「今はまだ諸手(もろて)を上げて賛成という気にはなれないですね」

有馬は娘を守る母親の顔を前にしても、圧されることなく微笑んだ。

「心配はご無用です。私にとっての女性は紬さん一人ですから」

疑いの目を向けられても、あたふたなどしない。

「浮気ですか? それも心配はいりません。誓って私は彼女を失うような愚行は働きません」

有馬のストレート台詞に、母はタジタジになっている。その隣で紬は苦しいぐらい胸を熱くしていた。有馬の言葉はどれも、紬が抱えていた迷いや不安を綺麗に拭い去ってくれるものだった。

「三人でドライブしませんか?」

「私も行くの?」

母親は面食らっている。が、突っぱねるには有馬の笑顔は魅力的すぎた。

「紬も。いいだろう?」

紬は頷いた。有馬がどこへ車を走らせるつもりか、紬は知らない。だが、その道の先に、紬の決意を彼に打ち明ける時間が待っていると信じていた。

（あれ？　この道ってもしかしたら？）

有馬の愛車の後部座席に母と二人で座った紬は、身を乗り出すようにして窓を流れる景色を追いかけていた。紬の記憶が正しければ、車がどこに向かっているのか見当がついた。ただ、なぜその場所なのか。やはり紬に理由はわからない。

紬のマンションを出発してからずっと、車内は静まり返っている。紬も、そして母も、ドライブに誘った有馬が何か言うのを待っている。

紬はそろりと隣に視線を向けた。今まで見たことがないぐらい緊張した面持ちの母が座っていた。力が入りすぎているのか、ブラウスの両肩を固く窄めている。

（お母さん、ありがとう）

言葉は自然と心に溢れた。折に触れ感じていたけれど、自分は母にとても大事にされている。

（いっそ今言おうか？）

紬がプロポーズをすれば、有馬は返事をくれるだろう。彼が二人の将来についてどう考えているのかわかる。ＯＫの返事をもらって母親を安心させてあげられると考えるのは、紬の自惚れかもしれないけれど。

紬は深呼吸をした。勇気を振り絞って口を開こうとした時だった。

「私は紬さんと結婚したいと思っています」

紬はハッと有馬を見た。目の前の運転席に座る有馬がどんな表情をしているのか、紬にはわからない。ただ、耳に届く彼の声には少しの揺るぎもなかった。

「再会したのが春先というなら、まだそれほど時間が経っていませんよね。それで結婚というのは早すぎませんか」

母が問いかける。

「高校生の時、私と紬さんは一週間だけ彼氏と彼女だったんです。たったの七日間でしたが、私にとっては高校生活三年分に値するぐらい大切な時間でした。なぜなら、あの七日間があったからこそ私はそれまで知らなかった彼女の幾つもの顔に出会えたし、彼女を好きになれた。それから再会するまでの七年の間、私の気持ちは変わっていません」

「七年もの間、ずっと?」

「紬さんも同じ気持ちだったと教えてくれました」

母が紬を見た。

「そうなの?」

「私もずっと有馬君が好きだったの」

母は頷き、有馬に視線を戻す。

「ご家族はどうですか？　もし娘があなたのプロポーズを受けたとして、皆さんは歓迎してくださいますか？」

「お母さんが何を心配なさっているのか、私はわかっているつもりです」

有馬は柳にも語った有馬家の面倒な親戚づきあいについて説明した。

「心配はいりません。どんな時も私が盾となって彼女を守ります」

（有馬君……）

有馬の母への答えは、紬への言葉でもあるのだ。彼は紬と夫婦になる自分の覚悟を伝えてくれている。

「約束できますか？」

「ええ。必ず」

有馬は、実は結婚に関してはどこからも文句がでないよう根回し済みだと言った。母は驚いている。紬もだった。今日、電話をかけてきた時、有馬は仕事以外のやるべきこともすべて片づいたと話していた。もしかしたら、最近いつにも増して忙しかったのは、仕事の合間を縫ってその根回しのためにあちこち駆け回っていたのだろうか。

「彼女に辛い思いをさせたくありませんから」

車がゆるやかにスピードを落として路肩に停まった。有馬は先に降りると、後ろに回って母のために扉を開けた。紬も母に続いて降りる。

「あれが私の仕事場です」

母を真ん中に三人が並んで見上げたのは、大通りを挟んで斜め向かいに立つサン・エブリィグループの本社ビルだった。近未来的デザインのその超高層ビルは、難攻不落の城のごとく泰然として紬たちを見おろしている。

(どうしてここに?)

本社が目的地なのは途中で気づいた紬だったが、理由はまだわからなかった。紬も母と一緒に有馬の次の言葉を待っている。

「あのビルは私がこれから一生背負っていくものの象徴です。正直、まだまだ学ぶことの多い未熟な私には、荷が勝ちすぎる。悩んだり迷ったりはしょっちゅうだし、時には逃げ出したくもなる。そんな時、彼女がそばにいてくれるだけでどれほど救われるのか、再会してからの短い間に思い知りました。特別なことは何もしてくれなくていいんです。彼女がそばにいてくれれば、私はいつでも自分らしい自分を取り戻せる。どんな挫折や失敗があっても、新しい気持ちで問題に立ち向かっていけます」

紬が初めて聞く有馬の思いだった。

「どうして彼女にそんなことができるのか、私にはわかっています」

彼が母と目を合わせた。

「私にとってはあのビルよりも彼女の方が、はるかに大きな存在だからです」

(私だってそう。あなたの存在は何よりも大きい)

有馬の心に紬の思いが重なる。生まれた時から一番頼りにしてきた父や母よりも大きな存在になったのは、とても幸せなことだと思う。

有馬は姿勢を正して母親に向き直った。気がつけば母の顔にあった緊張は解け、ずいぶんと柔らかな表情に変わっていた。

「私に紬さんに結婚を申し込む権利を与えてください。プロポーズすることを許してください」

梅雨の最中らしくないからりと乾いた風が、三人の髪を揺らして吹き抜ける。

「紬をよろしくお願いします」

深々と頭を下げた母に、紬は知らずに詰めていた息をそっと吐き出していた。

「ありがとうございます」

「ありがとう、お母さん」

紬も有馬とそろって頭を下げていた。


有馬は母をケーキの美味しい店を知っているからとお茶に誘ったが、

「だって、二人はこれから大切な話があるんでしょう。邪魔するわけにはいかないじゃない」

母はそう言って即座に首を横に振った。

有馬に頼んで某百貨店裏に車を付けてもらった母は、これから地下の食品売り場でお惣菜を奮発し、今夜は父と仲良く晩酌するつもりだという。

「あなたたちにあてられちゃったかな」

ドライブに出発した時にはなかった笑顔で手を振る母を、紬は有馬と見送った。紬はいったん車を降りると助手席に移った。

（——？）

すぐに走り出すと思った車は停まったままだ。

紬は有馬を見た。有馬はハンドルに手をかけたものの、

「はああ」

びっくりするような大きな息をつくと、シートに背中ごと深く沈み込んだ。天を仰ぐ。

「緊張した〜」

「ええっ？」

「許さないって言われたらどうしようかと思った」

「緊張してたの？　そんなふうにはちっとも見えなかったけど」

あんなにも堂々と、自信に満ちて母と向き合っていたのに？

「そりゃあ紬を俺の花嫁にできるか否かの瀬戸際なんだ。緊張ぐらいするだろ」

有馬はもう一度深く安堵の息をついた。それからハンドルをしっかりと握り直した。

「紬。今日本当に行きたかったところに連れて行く。いいか？」

「うん。私も行きたい」

そこがどこか、紬はもう知っているのだ。


七年前、二人の縁が一度は切れたその場所に。再び縁を結んだその大切な場所に、紬は有馬と向き合って立っている。重なり合う梢を縫って差し込む幾筋もの光が、ついにこの時を迎えた二人を祝福するかのように降り注いでいる。

沈黙のなか、静かに満ちてくるのは、今日までの日々、それぞれの心に積もり続けた想い。


「俺と結婚してください」

「私と結婚してください」


二人の口から息を合わせたようにぴったりと、同じ願いが零れた。

「一樹……」

「……紬」

どちらからともなく愛しい人に両手を伸ばす。

紬は強く抱き寄せられ、彼の胸に埋まった。

「ありがとう、紬」

喜びに溢れた声だった。

「まさか紬からもプロポーズしてもらえるとは思わなかった」

「だって……。もう一瞬でもあなたをほかの誰にも渡したくなかったから」

有馬は涙を含んで熱くなった紬の瞼に口づけた。

「これ、今度こそ受け取ってくれるよな」

有馬がスーツの上着のポケットから取り出したのは、紬ができるならもう一度この手に握りしめたいと祈り続けたものだった。

ペンダントに繋がれた金色の満月。

彼の手の上で群青色の三日月が、そっと寄り添っている。

二つがひとつになって象られた太陽が、紬と有馬の未来を明るく照らしているようだった。

エピローグ

「どうして名前で呼んでくれないんだ？」

有馬の質問が紬の項をくすぐる。縁切り様から紬の一人暮らしの部屋に戻った二人は、恋人同士になって過ごす初めての休暇をスタートさせていた。

夕食後、狭いシンクで食器を洗う紬の腰を、有馬の両手が後ろから抱きしめている。終わるまで待ってと頼んでも、邪魔だと抗議してもちっとも聞いてくれない。

「照れ臭いのと……」

「うん？」

「たぶん、その方が私の気持ちにしっくりくるから……かな」

「どんな気持ち？」

「心のどこかでは、まだずっと有間君に恋してる気分なの。あなたは教室の片隅からこっそり眺めていた頃の、憧れの有馬君のまま。名前で呼ぶにはまだちょっとだけ勇気が足りないんだと思う」

紬を抱きしめる手に力がこもった。耳に熱い息がかかる。

「そういうことを言うと、余計に我慢がきかなくなるな」

「あ……」

脇腹をさわりとした快感が走って、紬の手にした泡だらけのスポンジが止まった。有馬の手が腰から別の場所に流れたのだ。

「ただでさえエプロン姿が可愛くて、どうしてやろうかって気分なのに」

花柄の前当てをくぐった指が、胸の膨らみを撫でている。

「……駄目……」

「新婚生活の予行演習してるみたいで、俺は興奮するけど」

（新婚……）

紬の頬に血が上ってくる。もうすぐ彼と結婚するのだという現実が急にリアルに感じられて、ただでさえ早い鼓動が大きく打ちはじめた。

「まさかお手伝いさんがいるのに……、こんなことできないでしょ」

乱れる呼吸を呑み込み、紬は言った。てっきりそうだと思っていた。

「そんな人、置く気はないけど？」と、有馬。

（え？）

紬は聞き返そうとしたが、できなかった。開きかけた唇から零れたのは熱い息づかいだけ。

「……んっ」

乳房をゆるゆると揉む手に、たちまち膝に力が入らなくなった。スポンジはとっくの昔に紬の手から零れ落ち、泡まみれの食器の間に転がっていた。紬は今にも崩れ落ちそうな身体を、シンクの縁を掴んで支えた。

「必要ないだろう。今夜の食事で紬の手料理が美味しいのもわかったことだし」

「……ん」

「そもそも俺と二馬力なら家事の応援はいらない」

有馬は紬の真っ赤に染まっているだろう耳元で囁いた。しゃべっている間も愛撫の手は止まらない。エプロンの腰ヒモもいつの間にか解かれてしまった。

「紬の言う通りだよ。ほかに人がいるとこんなことできない」

有馬の手が紬のチュニックのなかに忍び込んできた。

「いちゃいちゃは新婚さんの特権なんだ。権利行使のために邪魔なものはすべて排除する」

「でも……こんなの……」

「恥ずかしい？」

キッチンでエプロン姿を乱されて——なんて、いけない動画に出てくる定番シチュエーションのようだ。

彼の指が器用にブラジャーのカップのなかに潜って、紬の敏感な実を見つけた。指先でつつかれ、紬は息を詰めた。

「……あ……ん」

ころころと転がすようになぶられると、芯から蕩ける快感がこみ上げてくる。今まで彼に受けた愛撫を身体が思い出し、あっと言う間に瀬戸際まで追いやられる。

「紬……」

「……見ないで……」

ショーツのなかがもう疼いている。紬は恥ずかしさに頭から溶けてしまいそうだ。

「紬は俺の前でならどれほど乱れても、どれほど淫らになってもいいんだ」

「……でも……」

「俺もそういう紬を見るのが幸せだから」

「……ん」

「紬にあんなことやこんなことがしたくて興奮してる俺を見せるのも紬にだけだし」

紬も思わず頷いていた。二人しか知らない、二人だけの秘密が増えれば増えるほど、愛情が深く濃くなっていく気がした。

「もっと俺に見せて」

紬の反応を確かめながら、愛撫の指は乳首の上で意地悪く蠢(うごめ)く。優しく撫でていたかと思えば、乳房ごと押し潰したり……。不意打ちのごとく摘まれた一瞬に、紬の秘めた場所に熱いものが広がった。

秘花が蜜で濡れるのがわかった。

『紬は恥ずかしがるけど、恥ずかしいのもだんだん気持ちよくなるんだって知ってる?』

高校生だった有馬の、たぶん少し背伸びをしていたのだろう、囁く声が蘇ってくる。あの頃はわからなかったが、彼も緊張していたかもしれない。初めての相手は有馬がいいと勇気を振り絞った紬も、彼にしがみついているだけで精いっぱいだった。

まっさらな身体をためらいもなく投げ出すぐらいあんなにも一生懸命に、必死に恋していた人と、互いに何もかもを曝け出せるほど深く愛し合える日がくるなんて。紬は何度でも幸せを感じている。

「……っ」

紬はブラジャーのホックをいつ外されたのかわからないまま、有馬の手に双つの乳房を明け渡していた。彼に好き勝手に愛され、膨らみは姿を変える。

(気持ちいい……)

自分の呼吸が喘ぎ混じりに次第に切羽詰まったものへと変わっていくのを、紬は羞恥に塗れて聞いていた。左右の乳首を同時に刺激され、紬の両足が爪先まで突っ張った。

「……んっ」

背筋を甘い痺れが駆け抜ける。しゃがみこみそうになった紬を、有馬が柔らかく受け止めた。

「可愛いな、紬。胸だけでいっちゃった？」

有馬はクスリと微笑(わら)って火照った紬の頬にキスをした。有馬のどこか子供っぽい、無邪気とも呼べそうな楽しげな微笑みは、きっと誰も知らない。彼にこんな顔ができるなんて想像すらしないだろう。

紬はまた有馬との距離が変わったような不思議な気持ちになった。プロポーズの言葉を交わした時よりも、自分たちはもっともっと近くなった。

「二人で気持ちよくなろうよ」

有馬はびっくりするほど軽々と紬を抱き上げると、ベッドまでの短い距離を運んだ。シーツの上の秘密の時間。誰も入り込むことのできない二人だけの世界。

「紬……」

「……一樹」

裸になって強く抱きしめ合い、シーツの上に倒れ込む。

「一樹……早く……」

紬は有馬の身体に両腕を回し、素直に欲しいと訴えた。

「俺の方がもっと紬が欲しい」

「一樹……」

「でも、もう少し待って。俺のものになってくれた紬が可愛くて、今夜はもっと悦ばせたい」

「ん……っ」

思わず洩らした自分の息が震えている。さっき散々愛され敏感になっていた乳房に、今度はキスされたからだ。指とは違う柔らかな感触が丸い輪郭を辿り、瑞々(みずみず)しく張りつめた肌を埋めていく。

「ああ……」

尖らせた舌先で乳首を撫でられるのは、何とも言えず気持ちよかった。ちゅっと音をたてて唇に含まれ、優しく吸われる。次第に熱を帯びていく乳房に、まるで胸に火の玉でも抱えているような心地になる。

「……んんっ」

とてもじっとしていられない快感に、紬は思わず身を捩った。また一人で昇りつめてしまいそうだ。

「ね……、一樹……。お願い……」

紬が懸命に求めても、

「そんな顔を見たら、余計に可愛がりたくなるだろう」

有馬は囁いて、また焦らされる。やがてキスは乳房を離れて、彼を待ってぐずぐずに疼いている秘めた場所へと流れた。

「や……、そこは……駄目……」

「嫌?」

「……駄目なの……」

紬は彼の手によって左右に大きく押し開けられた脚を閉じようとするが、無駄な抵抗だった。

「いいよ。嘘をついても。紬がどうしてほしいか、俺だけはわかるから」

秘花に落ちる口づけは、紬をあやすように優しい。

「知ってる。こうされるの好きだろ?」

「あ、あ……」

彼がキスで閉じられた亀裂を開き、花の奥を探っている。

「すごく感じてるね。嬉しいよ」

有馬はそうやって、紬が我慢できなくなるほど追いつめられているのを知っても、まだ焦らすのをやめてくれない。

(もう……おかしくなってしまう)

身体の奥から止めどもなく溢れてくるものが、彼を濡らしているのがわかるのだ。

「あ……」

キスに指の愛撫が加わった。緩んだ裂け目を強く擦られ、両足の先まで痺れるような快感が駆け抜けた。

と……、埋もれた花芽を吸われて、紬の腰が小さく跳ねた。いじらしく膨らんだそれを丁寧に舐められ、紬はそうしたくなくてもぴくぴくと震えてしまう。

(指が……)

たっぷりと蜜を絡めた指が入ってきた。

「い……や」

紬は思わずわがままを言う子供のように、イヤイヤと頭を振っていた。

「また駄目なの?」

優しく尋ねる彼に、

「指じゃいや」

自分でも思いもかけない言葉が零れた。

「紬？」

彼が驚いている気配が伝わってきたが、紬はもうどうしようもない。

「あなたが欲しいの。あなたの入れてほしい」

ひたすら彼を求めることしかできない紬を、有馬は強い力で抱き寄せた。。

「ああもう、なんでそう可愛いんだよ！」

有馬が紬の瞳を覗き込む。その首に両腕を巻きつけるようにして、紬が彼を抱きしめ返したのが合図になった。

キスを交わしながら互いを求めて熱く燃える場所を重ねた。

「一樹……、好き……一樹……」

「こういう時だけ名前で呼ばれるのもいいな。すごく愛されている気分になる」

有馬は幹を太くしたたくましい分身で、紬の濡れた入り口を探した。先端が乱れた蕾(つぼみ)を押し開く。

硬いものが潜りこんでくる。ゆっくりと彼が入ってくる。ようやく紬のなかは奥まで彼でいっぱいに満たされる。

紬の唇にふわりと優しいものが落ちてきた。紬を一度強く抱きしめ有馬は言った。紬と再会してからは、復讐しよう、理性的であろうとする自分と、衝動のままに紬を愛したい自分と。心は二つの間を行ったりきたりでとても苦しかったと。

「でも、そんな時でも頭のなかではいつもこうやって紬を俺のものにしてきた。何回抱いたかわからない」

有馬は独り寝の夜の、どこにも行き場のなかった欲望までも満たそうとするように、紬を求めた。紬の腕のなかで、彼の背中が大きく揺れはじめた。蕩けるほどに火照り、潤みきった狭い路を擦られるたび、快感がうねる。紬に襲いかかる。

「ああ……」

紬は幾度となく悦びの波にさらされては、切なく喘いだ。

自分と同じ乱れた有馬の息が耳を打つ。

大きく腰を回され、掻き回される。溢れた蜜が濡れた音をたて、紬を終わりへと追い立てる。

「や……あ……」

彼に大きな動きで突かれて、震えるほどの快感に秘花がまた濡れた。でも、まだ足りなかった。紬はもっと欲しかった。たくさん愛されたかった。二人の未来を手にした今日だからこそ、身も心も愛される幸せをもっともっと感じたかった。

「紬……、愛してる」

「一樹……、好き。大好き」

紬は愛しい人を抱きしめた。

「あなたが好き。出会った頃からずっと好きだったの。あなただけなの。私はあなたと幸せになりたかった」

恋して別れて再び巡り合って。翻弄される心は、時にどこにあるのかさえも見えなくなったけれど、紬の想いのすべてはただその一言に込められていた。

「大好き。あなたを愛してる」

「紬。一生幸せにする」

彼の深い想いを伝えるキスが、紬の唇を塞いだ。

紬は有馬と二人、ゆるやかに昇りつめていく。

紬は閉じた瞼の裏で、あの日の夢を見ている。

『有馬君』

日曜日の書店で――。

思い切って呼んだ紬の声は、少し喉に詰まって掠れていた。すぐに振り向いてくれた彼は、誰をも楽しい気分にさせる笑顔を、ためらうことなく自分にも向けてくれた。

『あれ？　金沢さんだ。家、この辺なの？』

いったい彼のあの笑顔を自分一人のものにする未来があることを、紬は一瞬でも想像しただろうか？

だが、七年の月日に想いを重ね、紬の世界は変わったのだ。

紬は奇跡のような幸せを手に入れた。

あとがき

こんにちは。春野リラです。とんでもなく暑かった季節がようやく終わりを告げ、心の底からほっとしている春野です。読者の皆様はお元気でしょうか。ゆっくり読書を楽しめる季節到来なので、私の本もそんな皆様の本棚の片隅に置いていただけたらとっても嬉しいです。

私の作品を初めて手にとってくださった方へ。

「書店に行けば面白そうな作品がたくさん並んでいるなか、この本を選んでくださって、ありがとうございました」

そして、いつも読んでくださっている方へ。

「今回の物語も手に取ってくださり、感謝の気持ちでいっぱいです。ありがとうございました」

今作は初恋物語です。初恋は過去にもたびたび取り上げてきましたが、私自身が一番盛り上がるテーマかもしれません。

憧れますよねぇ。初めて恋をした人に愛され告白されて、結ばれるって。現実には初恋相手＝結婚相手の方は少数派みたいですけれど。なかなか叶わないからこそ、小説のなかでは夢を見たい！　ということで、読者の皆様にも私と一緒に夢を見ていただけたらなあと思いまして書き上げた一冊です。

ここ何年かは書くペースがずいぶん落ちてしまったのですが、それでも紬が初恋の有馬君ともどかしいすれ違いを重ねながら少しずつ想いを重ねていく過程を書くのは、思った以上に楽しかったです。お気に入りのシーンですか？　うーん、たくさんあるけれどひとつだけ選べと言われたら、紬が有馬から贈られたドレスを着て彼を挑発（？）するシーンでしょうか。有馬の前ではクール女子の鎧をまとった紬なので、彼が思わず跪きたくなるようなちょっとカッコいい姿も書いてみたかったのです。

イラストを描いてくださったのは、たくさんのファンがいらっしゃる天路ゆうつづ先生です。とっても幸せそうな二人をありがとうございました。天路先生の描かれる世界には華やかな美しさのなかに何とも言えない艶っぽさがあって、見ていて本当に引きこまれます。

話が進むに従い変わっていく紬と有馬の関係が、天路先生の描いてくださったイラストを通して読者さんにもドキドキ感倍増で伝わったかと思います。重ねてありがとうございました。

運動不足を解消したい！　を毎年年頭の目標に掲げるも、今年もまた実現できないまま年末が迫ってきました。私はなぜこんなにもナマケモノなんでしょうか。前世が三年寝太郎かなんかだったかもしれません。でも、文字を綴る楽しみだけには何とかしがみついて続けていければと思っています。今後ともよろしくお願いいいたします。

春野リラ

ガブリエラブックスをお買い上げいただきありがとうございます。
春野リラ先生・天路ゆうつづ先生へのファンレターはこちらへお送りください。

〒110-0016　東京都台東区台東4-27-5（株）メディアソフト
ガブリエラブックス編集部気付　春野リラ先生／天路ゆうつづ先生　宛

MGB-100
溺愛はご辞退申し上げます！
初恋の御曹司からのイジワルな誘惑に乱されて

2023年11月15日　第1刷発行

著　者　春野(はるの)リラ
装　画　天路(あまじ)ゆうつづ
発行人　日向晶
発　行　株式会社メディアソフト
〒110-0016
東京都台東区台東4-27-5
TEL：03-5688-7559　FAX：03-5688-3512
https://www.media-soft.biz/
発　売　株式会社三交社
〒110-0015
東京都台東区東上野1-7-15
ヒューリック東上野一丁目ビル３階
TEL：03-5826-4424　FAX：03-5826-4425
https://www.sanko-sha.com/
印　刷　中央精版印刷株式会社
フォーマットデザイン　小石川ふに（deconeco）
装　丁　齊藤陽子（CoCo.Design）

ISBN 978-4-8155-4327-3